四川诗词选

Sichuan
Shici Xuan

李熙 等／编著

四川大学出版社

项目策划：罗永平　王　军
责任编辑：喻　震
责任校对：罗永平
封面设计：墨创文化
责任印制：王　炜

图书在版编目（CIP）数据

四川诗词选 / 李熙等编著. — 成都：四川大学出
版社，2019.5
ISBN 978-7-5690-2855-3

Ⅰ. ①四… Ⅱ. ①李… Ⅲ. ①诗词－作品集－中国
Ⅳ. ① I22

中国版本图书馆 CIP 数据核字（2019）第 094747 号

书名　四川诗词选

编　著	李熙　等
出　版	四川大学出版社
地　址	成都市一环路南一段 24 号（610065）
发　行	四川大学出版社
书　号	ISBN 978-7-5690-2855-3
印前制作	四川胜翔数码印务设计有限公司
印　刷	成都国图广告印务有限公司
成品尺寸	170mm×240mm
印　张	16.75
字　数	215 千字
版　次	2019 年 10 月第 1 版
印　次	2019 年 10 月第 1 次印刷
定　价	68.00 元

◆ 读者邮购本书，请与本社发行科联系。
电话：(028)85408408/(028)85401670/
(028)86408023　邮政编码：610065
◆ 本社图书如有印装质量问题，请寄回出版社调换。
◆ 网址：http://press.scu.edu.cn

四川大学出版社
微信公众号

前　言

　　正如人们所熟知的，司马相如等代表了汉赋的成就，李白等代表了唐诗的成就，苏轼等代表了宋诗、宋词的成就。不过，以上三位四川文人的作品不全是描写四川的。管见所及，毛泽东选注的《诗词若干首——唐宋明朝诗人咏四川》收录了唐、宋、明三朝描写四川的诗词；20世纪80年代四川省社会科学院文学所集体选注的《历代四川山水诗选注》则限于山水诗；21世纪以来，四川大学周啸天教授的《历代名人咏四川》《四川读本》等书也涉及相关作品。尽管从古至今专门描写四川的诗词非常多，也有一些诗词文集收集了相关作品，但很少有人专门加以注释。有鉴于此，我们决定选注一本历代文人歌咏四川的诗词作品。

　　从文学角度来看，文学家笔下的四川更多地属于艺术的、心理的、（无）意识的、认知的、文化的，而非历史的。这种分野一般不存在问题，因为文学作品固然可能有史实"谬误"，但人们对不同文类往往会采用不同的评判标准，并不会因此而受到误导。这之中当然也存在问题，那就是文学作品往往呈现的是事实和虚构交织的图景，其影响力超越史实，导致读者根本无法分辨自己头脑中的地方印象是文学真实还是历史真实。无疑，这一信息接受过程中人们对谬误的接受心理也是值得深思的，比如读者可能更倾向于接受符合自己意愿的信息，而过滤掉不符合自己意愿的信息（当然还存在很多其他原因）。从这个角度来讲，历代文人歌咏四川的意义不容小觑，当然这种意义更多地存于史实之外。

即便从史实上着眼，文学家也能做到更多他们并未充分自觉，哪怕意识到了也往往不会以此自诩的事情。在这方面，杜甫是入蜀诗人中最突出的一位，我们正是从杜诗中比史书更为具体地了解到唐代成都、梓州、阆州、夔州等地的景观。而杜甫的本人形象也通过描写这些四川地方景观凸显出来，并影响到后来的读者，比如陆游等入蜀文人也经历了杜甫的某些经历从而生发出新的认识。另外，中国古代地理史书往往只记载关于地方的星次位置、地理区域、行政区划、物产水文、民风民俗、政治事件、名人胜迹等内容，而诗词（部分诗词亦载于地理史书）却可能会呈现出诗人对地理景观的体验。这种体验不仅能凸显特定时间和空间内诗人一时的审美性上的感兴和认知，而且能细致、具体地体现某些景观在长时段历史中经历的变化及其留下的痕迹。也许诗词就是容纳这种短暂而又具有独特历史性的地方经验的最好容器之一。此外，诗词还凝聚了古代文人士大夫对四川那些汉族文化之外文化的观察、思考，有意无意地体现着汉文明意识或家国意识对地方的观照或塑造，就此而言可以考察一种"关乎地方的意识史"。不仅如此，古代的一些文人士大夫还将四川的一些地方与政治文化中心或其他著名景观相比附、比较，有时还凭借其名望通过题咏、唱和、寄赠等活动起到传播的作用，借此来提升一个特定地方在整个汉地景观或西南景观中的地位。在这一过程中，不仅是传统汉地文学意象、景观，艺术、宗教等也起到了重要作用。这种做法固然受到权力和文人习气等因素的影响，但因超出了单纯夸耀乡邦的传统意识而带有景观竞争的意味。

谈到描写四川的文学作品，有一句熟语叫作"自古诗人例到蜀"。从这一熟语出发，我们可以思考一种有意思的现象。或许，古代一些诗人会因曾入蜀而产生某种意义上的共同意识或认识。我们也可以设想，四川某些地方对于某些长期客居四川或善于创作纪行主题的诗人特别具有吸引力或意义，乃至于他对该地产生了某种近乎情结式的依恋，催生了一种以该地为中心的写作现象。但常见的，还是因四川而想起相关的神话、典故、景观和前人写过的相关诗句。例如"蜀国""蜀道""蚕丛""鱼凫""剑阁（门）""褒斜""五丁""金牛""杜宇（鹃）""望帝""子规""巴山蜀水""巴山夜雨""汉嘉"
"峨眉""三峨""凌云（寺）""（文君）当垆""子云（扬子）宅""武（乡）
侯（祠）""昭烈（庙）""匡山""琴台""青城""梁父吟""草堂""玉垒"
"锦江（水）""青羊""西山""浣花溪（村）""万里桥""女校书""摩诃池"
等，均作为反映四川特色的程式化文学意象、文化意象而被历代诗人反复使
用，尤其是为有意识地用地名、人名、物名等来对仗和连句的诗人所喜用。
更常见的则是四川某个或某些地区是写景、取境的对象，诗人关注的是其自
然风物、人文景观，其中那些具体的经验、感兴、议论更为生动鲜活，也可
能因为注重一时经验而显得较为陌生，却在不断丰富着四川的文学、文化。
由于人文景观特别是自然风物具有多变性，因此也就不存在唯一的四川，从
而蕴藏了更多相关写作的可能性。但无论何种情形，描写四川的作品多少都
带有一些"奇气"，李白、苏轼、陆游自不待言，其他一些诗人也多少有类似
现象。这不仅与诗人自身的一贯风格有关，也可能与对四川程式化的文化想
象有关：四川历来在文化上被视为带有一些神秘意味和浪漫色彩，当然也可
能与接触到四川某些特殊的地理环境、人文风俗、历史古迹之后的实际体会
有关。

　　当然，这样说并不意味着地域决定论。在更宽泛的层面上，与四川相关
的人物或古迹成为入蜀诗人抒发一己之感和怀古思绪的对象，属于"他人之
酒杯"，甚至只是诗人在四川留下诗作，而他们的思绪、情感却并不滞留于四
川。而对一些未曾入蜀的古代诗人来说，与四川相关的诗作或许不能或不需
再现四川的实情，而是试图展现适用于某些特定体裁、题材、风尚、风格、
场合所需要的相关认知和想象。地域本身在传统诗学中也未被提升到优先于
通常被视为诗歌根本的志向、性情或意趣、思理、气韵等因素的位置上，也
很难被视为作诗的特殊方法。在古代诗人那里，志向、感情、意趣、思理、
气韵和才学等多少有先在的成分，而地域是一个变量，往往是触发其外显的
作为经验、认知、想象或回忆对象的外在环境，其重要程度如何往往端赖于
诗人的内在素养，同时受写作手法等因素的影响，比如是"捃书以为诗"，还

是"资书以为诗";是模山范水,还是陶写性情;是侧重赋,还是侧重比兴;是感物,还是取象;是重形似,还是重神似等。因此,也应注重诗人和地域之间动态多样的互动,更不用说有些诗人的创作艺术也是发展的,其中的原因都需要具体探讨而非泛泛而论。

临末,再对本书的编纂情况略作说明。本书主要选注了秦、汉、两晋、南北朝、唐代、宋代、元代、明代、清代等歌咏四川的诗词作品,部分作品涉及原属四川、今属重庆的地区。全书注重文体变化,亦注意题材、风格等的代表性和多样性,注意相关诗词与其他人文领域的关涉。诗词大致按照时间先后排序,所列诗词后有对作者的简介,诗词的题解和注释则旨在对相关作品提供文学性和知识性的解读。本书是四川省社会科学院"巴蜀文化研究"学科建设成果之一,出书计划和出版事宜感谢四川省社会科学院的推动和支持,感谢姚乐野副院长和艾莲所长的支持和指导。选注者为四川省社会科学院文学与艺术研究所的科研人员和两位在读硕士研究生,其中李昊选注秦、汉、两晋、南北朝部分,王永波、郑双燕、高菱舟选注唐代部分,李熙选注宋代部分,黄维敏选注元代、明代部分,颜复萍、曾平选注清代部分,最后由李熙统稿。本书是在短时间内撰写完成的,不足之处敬请读者谅解指正。

李熙

2018 年 9 月

目录

河图引蜀谣

汶阜之山，江出其腹。^①

帝以会昌，神以建福。^②

【题解】

  这是一首古蜀谣，出自《河图纬》，是关于四川比较早的地理记载。《三国志·蜀志·秦宓传》引用之："蜀有汶阜之山，江出其腹，帝以会昌，神以建福，故能沃野千里。"

【注释】

  ①汶阜："汶"通"岷"，汶阜即岷山，自甘肃省西南部延伸至四川省北部的山脉。北魏郦道元《水经注·江水一》："岷山即渎山也，水曰渎水矣。又谓之汶阜，山在徼外，江水所导也。"江：指岷江，发源于岷山南麓。

  ②帝：天帝，天神。会：会当，应当。昌：兴盛隆昌。

滟滪歌二首

其一

滟预大如马，瞿塘不可下。

滟预大如牛，瞿塘不可流。[①]

其二

滟预大如马，瞿塘不可下。[②]

滟预大如象，瞿塘不可上。[③]

【题解】

这是描写瞿塘峡险峻的民歌。滟或作"滟"，豫或作"预"。滟豫，即滟豫石，又名犹豫石、燕窝石等，在重庆市奉节县东，是白帝城西的一块江中孤石，夏季浸没，冬季露出，乃长江瞿塘峡口的一处险滩，过往船只经过时无不畏惧小心，稍不注意就会船毁人亡。这块巨石因阻碍航运，已于1958年冬被炸除，现存放于重庆中国三峡博物馆。

【注释】

①当滟滪堆露出水面部分如马、牛时，会横截江流，行船下水

非常危险。

②意思同前，形容行船的艰险。滟预：即滟预。瞿塘：即瞿塘峡。

③秋冬水枯，滟滪堆显露江心，好似巨象，这时因为水位太低，上水船只极易触礁。

巴东三峡歌二首

其一

巴东三峡巫峡长，猿鸣三声泪沾裳。①

其二

巴东三峡猿鸣悲，猿鸣三声泪沾衣。

【题解】

这是描写三峡行路险峻的民歌。言简意丰，诗意含蓄隽永，猿鸣声和眼泪相融，突出了行人的悲凄心境，乃民歌佳作。被《水经注·江水二》和《乐府诗集》卷八十六《杂曲歌辞》收载。

【注释】

①巴：巴郡，秦置，属益州。三峡：长江上游的瞿塘峡、巫峡和西陵峡的合称，西起重庆市奉节县白帝城，东至湖北省宜昌市南津关。巫峡：西起重庆市巫山县，东至湖北省巴东县官渡口，因巫

山得名。三峡两岸峭壁林立，行船险难，再加之空谷猿声回荡，连绵不绝，更添凄楚意味，让人为之落泪不忍。

登成都白菟楼

[西晋] 张载

重城结曲阿，飞宇起层楼。①

累栋出云表，峣蘖临太虚。②

高轩启朱扉，回望畅八隅。③

西瞻岷山岭，嵯峨似荆巫。④

蹲鸱蔽地生，原隰殖嘉蔬。⑤

曷遇尧汤世，民食恒有余。⑥

郁郁小城中，岌岌百族居。⑦

街术纷绮错，高甍夹长衢。⑧

借问扬子宅，想见长卿庐。⑨

程卓累千金，骄侈拟五侯。⑩

门有连骑客，翠带腰吴钩。⑪

鼎食随时进，百和妙且殊。⑫

披林采秋橘，临江钓春鱼。⑬

黑子过龙醢，果馔逾蟹蝑。⑭

芳茶冠六清，溢味播九区。⑮

人生苟安乐，兹土聊可娱。⑯

　　张载，字孟阳，生卒年不详，安平（今河北省安平县）人。性格恬淡，博学多闻，曾任佐著作郎、太子中舍人、乐安相、弘农太守、记室督、中书侍郎等职。与其弟张协、张亢并称"三张"。曾收任蜀郡太守，太康初，张载至蜀看望父亲，途经剑阁，著《剑阁铭》，被誉为"文章典则"。另有《叙行赋》是现存最早描写入蜀行程的赋，与《剑阁铭》相互映衬，堪称张载入蜀的姊妹篇。之后描写巴蜀风景的作品大量产生，都是受了张载影响。

【题解】

　　这首诗是张载入蜀时所作。白菟楼，又称张仪楼、百尺楼，位于成都西南角，是为了纪念秦时修筑成都城垣的秦相张仪所筑，始建于战国晚期秦灭蜀后，一直沿用到唐代末期。诗中通过登楼所见所感，描绘了白菟楼的雄伟气势以及成都物产丰富、商业繁荣、人才辈出的景象。其中关于川茶的描写是以茶入诗的较早诗篇之一，陆羽《茶经》还特别节选了"借问扬子宅"以下十六句，以说明巴蜀茶饮的传播盛况。

【注释】

　　①重城：古代城市有外城、内城两重，故称。曲阿：房屋的曲角。飞宇：飞檐，屋角的檐部向上翘伸，形如飞鸟展翅之势。层楼：高楼。

　　②累：连续，重叠。栋：房屋的正梁。云表：云外。峣（yáo）：形容高的样子。蘖（niè）：草木萌生的新芽，也可泛指植物长出的分枝。太虚：天空。

　　③高轩：堂室左右有窗的高敞长廊。启：打开。朱扉（fēi）：红漆门。回望：回顾，回头看。畅：畅通。八隅：八方。

④瞻：瞻望。嵯（cuó）峨：形容山势高峻。荆巫：荆山与巫山。荆山，山名，我国有五座荆山，其中最有名的是湖北省南漳县的荆山，为楚源之地。以上八句描写作者登楼所见，描绘了城楼雄伟壮丽的场景。

⑤蹲鸱：大芋，因形状如蹲伏的鸱，故名。蔽：遮挡，遮掩。原隰：平原与低湿之地，亦可泛指原野。殖：种植。嘉蔬：指祭祀用的稻或鲜美的蔬菜。

⑥尧：尧帝。汤：商汤。尧、舜、禹、汤是我国古代四位英明的帝王。恒：常，经常。以上四句描写成都物产丰富，年有恒余。

⑦郁郁：茂盛浓密的样子。小：一作"少"。岌岌：高耸的样子，这里形容数量多。百族：百姓。

⑧街术：街道。纷：盛多。绮错：形容如绮纹交错的样子。甍（méng）：屋脊，代指房屋。长衢（qú）：大道。以上四句描写街道交错，居民繁多。

⑨借问：敬辞，询问，请问。扬子：扬雄，字子云，成都人，西汉文学家。宅：一作"舍"。想见：推想而知。长卿：司马相如，成都人，西汉文学家、语言学家，被称为"辞宗""赋圣"。庐：房舍。此二句描写成都人才辈出，表达了作者对两位前贤的敬慕缅怀之情。

⑩程：程郑。祖籍关东（今山东），祖父辈为冶铁商。卓：卓王孙，卓文君之父。两人均为中原迁徙入川的临邛（今四川省邛崃市）大富豪。累：积累，积聚。骄侈：骄纵奢侈。拟：比拟，仿照。五侯：泛指豪门权贵。

⑪连骑：形容骑从之盛。腰：佩在腰上。吴钩：春秋时期流行的一种兵器，形似剑而弯曲。

⑫鼎食：列鼎而食，吃饭时排列很多鼎，形容富贵人家豪华奢侈的生活。百和：百和香，由各种香料混合成的燃香。殊：特别。

以上六句描写商贾富有，生活奢侈。

⑬披：分开，拨开。

⑭龙醢（hǎi）：用龙肉制成的酱。果馔：果品与菜肴，泛指饮食。逾：超过。蟹胥：指用于调味的螃蟹酱，味道鲜美。

⑮冠：超出居首。六清：亦作六饮，水、浆、醴（lǐ）、凉、医、酏（yǐ）六种，后用以泛指饮料。溢味：茶香四溢。播：传扬，传播。九区：指九州，《尚书·禹贡》把当时的中国分为冀、兖（yǎn）、青、徐、扬、荆、豫、梁、雍九州，后就用"九州"泛指全中国。以上六句描写成都人民的饮食生活，特产珍奇。

⑯苟：姑且。安乐：安逸快乐。兹：此，这个。聊：姑且，勉强凑合。娱：欢乐。

蜀四贤咏

［南朝·宋］鲍照

渤渚水浴凫，春山玉抵鹊。①

皇汉方盛明，群龙满阶阁。②

君平因世闲，得还守寂寞。③

闲帘注道德，开封述天爵。④

相如达生旨，能屯复能跃。⑤

陵令无人事，毫墨时洒落。⑥

褒气有逸伦，雅缋信炳博。⑦

如令圣纳贤，金珰易羁络。⑧

良遮神明游，岂伊覃思作。⑨

玄经不期赏，虫篆散忧乐。⑩

首路或参差，投驾均远托。⑪

身表既非我，生内任丰薄。⑫

【作者简介】

鲍照，字明远，东海郡（今山东省临沂市兰陵县）人，南朝宋著名文学家。历任海虞令、太学博士、中书舍人、秣陵令、永嘉令、前军参军、刑狱参军等，世称"鲍参军"。泰始二年（466）因朝廷斗争死于乱军中。鲍照与颜延之、谢灵运同为宋元嘉时的著名诗人，形成了"元嘉体"的诗风，合称"元嘉三大家"。鲍照又与庾信并称"南照北信"。其诗歌俊逸豪放，辞藻华美，讲究骈俪对仗，尤其是乐府诗，承接建安传统，对唐诗发展具有重要影响。

【题解】

这是一首五言古体诗，语言直白，通俗易懂，直抒胸臆。四贤指严君平、司马相如、王褒、扬雄，都是汉代蜀中著名文学家。他们都不计一时得失，淡泊自守，专心著述。故诗人赞美其高尚的道德修养，并表达了自己虽受挫折，也甘守寂寞，以文章名世的决心。

【注释】

①渤渚（zhǔ）：渤海。凫（fú）：水鸟，即野鸭，状如家鸭而略小，能飞，常群游湖泊中。春（chōng）山：古山名，今湖南省永州市阳明山。玉抵鹊：亦作"玉抵禽"，用玉石投掷禽鸟，此处形容

盛多。

②皇汉：大汉，指汉朝。盛明：昌盛，昌明。群龙：比喻群臣贤才。阶阁：台阶很高的楼阁，指朝堂。以上四句为总赞，汉室盛明，群贤毕集，以下再分别咏四贤之德。

③君平：汉代蜀中著名隐士严遵，字君平，性淡泊，隐居不仕，卖卜于市，日得百钱即闭帘下肆，著有《老子指归》。

④道德：指《道德经》。开封：打开封口，犹言开口。天爵：天然的爵位，指高尚的道德修养，德高而受人尊敬，优越于人授予的爵位。

⑤相如：司马相如。达生旨：通晓生命志趣，参悟人生真谛。屯（zhūn）：艰难，困顿。能屯能跃：即能屈能伸，荣辱不惊。

⑥陵令：司马相如曾为孝文园令。人事：人情事理。毫墨：笔和墨，借指文字图画。

⑦褒：王褒。气：特点。逸伦：超出同辈。雅缋（huì）：典雅鲜明，形容文采绚丽。信：确实。炳（bǐng）博：文章绚烂，学识渊博。

⑧如令：假使。圣：圣人，即皇帝。纳贤：招纳贤士。金珰（dāng）：汉代侍中、中常侍的冠饰，这里指代高官。易：变，改换。羁（jī）络：马络头。

⑨良：指汉代文学家扬雄，字子云，成都人。博览群书，长于辞赋，历三朝不升官，潜心学术。遮神明游：遮拦神明之庭而游，扬雄在《解嘲》中有"游神之庭"之语。伊：助词。覃（tán）思：深思。

⑩玄经：指扬雄模仿《周易》所作的《太玄》。不期：没有约定。虫篆（zhuàn）：犹雕虫小技，扬雄晚年曾在《法言·吾子》中认为作赋乃是"童子雕虫篆刻"，"壮夫不为"。

⑪首路：路途。参差：高低长短不齐。投驾：抛开车驾，即弃官。远托：远适，寄身远方。虽然每个人所走的道路不同，但殊途

同归，最后都离开官场，专心于文章著述。

⑫身表：身外。生内：身内。任：任凭，不论。丰薄：丰厚和淡薄，指代显贵和贫贱。

巫山高

[南朝·齐] 王融

想象巫山高，薄暮阳台曲。①
烟霞乍舒卷，猿鸟时断续。②
波美如可期，寤言纷在瞩。③
怃然坐相思，秋风下庭绿。④

【作者简介】

王融，字元长，琅琊临沂（今山东省临沂市）人。东晋宰相王导的六世孙，王僧达之孙，南齐文学家，"竟陵八友"之一。少年聪慧，博学有才，年少时即中秀才，入竟陵王萧子良幕中，极受赏识。累迁太子舍人、秘书丞、中书郎兼主客郎、宁朔将军、军主等。后萧子良和郁林王争夺帝位失败，王融因依附萧子良而被下狱赐死。

【题解】

《巫山高》本为汉乐府古题《铙歌十八曲》之一，抒写游子怀乡思归的深厚情感。巫山：山名，在四川盆地东部、重庆、湖北、湖南交界一带。南北朝时期很多诗人都有以之为题的仿拟之作，将诗作从音乐层面带向了文学层面，并改变了原诗中的"思归"题旨，而单纯地从"巫山高"的字面意思吟咏绘景。此处仅录较早的一首为代表。

【注释】

①想象：一作"髣髴"（仿佛）。王融从未到过巫山，此处点明诗中所写巫山景象皆为其所想象。薄暮：指傍晚，太阳快落山之时。阳台：传说中巫山神女的居处。宋玉《高唐赋》序："昔者先王尝游高唐，怠而昼寝，梦见一妇人，曰：'妾巫山之女也，为高唐之客，闻君游高唐，愿荐枕席。'王因幸之。去而辞曰：'妾在巫山之阳，高丘之阻，旦为朝云，暮为行雨，朝朝暮暮，阳台之下。'"后世便以"阳台"指男女幽会之所，"云雨"指男女欢爱之情。

②霞：一作"华"或"云"。烟霞：烟雾云霞。乍：刚，正在。舒卷：舒展和卷缩，形容烟霞的变幻之态。猿：猿啼。鸟：鸟鸣。

③彼：那，那个。美：美人。可期：可以期望。寤：醒。寤言即醒后说话，此处指醒后相会而谈。纷：纷纷。瞩：注视。

④怃然：怅然失意的样子。思：一作"望"。庭绿：庭院的绿叶。

蜀国弦

〔南朝·梁〕简文帝

铜梁指斜谷，剑道望中区。①

通星上分野，作固下为都。②

雅歌因良守，妙舞自巴渝。③

阳城嬉乐所，剑骑郁相趋。④

五妇行难至，百两好游娱。⑤

牲祈望帝祀，酒酹蜀侯诛。⑥

江妃纳重聘，卓女爱将雏。⑦

停弦时系爪，息吹冶唇朱。⑧

脱衫湔锦浪，回扇避阳乌。⑨

闻君握节返，贱妾下城隅。⑩

【题解】

　　《蜀国弦》是乐府相和歌辞名，又名《四弦曲》《蜀国四弦》。南朝梁简文帝、隋朝卢思道、唐朝李贺等均有作品。

【注释】

①铜梁：山名，在今重庆市合川区，山有石梁横亘，色如铜。斜谷：山谷名，在陕西省秦岭眉县段。谷有二口，南曰褒，北曰斜，故亦称"褒斜谷"。两旁山势峻险，扼关陕而控川蜀，为兵家必争之地。剑道：剑门天险之道路。中区：中心区域，中原地区。

②通星：通往星辰。分野：与星次相对应的地域。古人依据星纪、玄枵（xiāo）、娵訾（jū zī）、降娄、大梁、实沈、鹑首、鹑火、鹑尾、寿星、大火、析木十二星次的位置来划分地面上州国的位置，与之相对应。作固：作为坚固的壁垒，语出晋张载《剑阁铭》："惟蜀之门，作固作镇，是曰剑阁，壁立千仞。"为都：作为都城。

③雅歌：风雅的歌吟。良守：贤能的州郡长官。妙舞：美妙的舞蹈。巴渝：蜀古地名，也可用于借指巴渝舞。

④阳城：古蜀城楼名。《文选·左思〈蜀都赋〉》："结阳城之延阁，飞观榭乎云中。"刘逵注："阳城，蜀门名也。"嬉乐：游玩取乐。所：一作"盛"。剑骑：带剑的骑士。郁：繁盛的样子。趋：急奔，追逐。

⑤五妇：晋常璩《华阳国志·蜀志》："惠王知蜀王好色，许嫁五女于蜀。蜀遣五丁迎之。还到梓潼，见一大蛇入穴中，一人揽其尾，掣之，不禁。至五人相助，大呼抴（yè）蛇。山崩，同时压杀五人及秦五女，并将从；而山分为五岭。直顶上有平石。蜀王痛伤，乃登之。因命曰五妇冢山。川平石上为望妇堠（hòu）。作思妻台。今其山或名五丁冢。"百两：古时车皆两轮，故以两计数，百两即百辆车，形容车辆多。游娱：游戏，娱乐。

⑥牲祈：用牲畜祭祀祈祷。望帝：古蜀望帝杜宇，治水有功，后禅位臣子鳖灵，退隐西山，死后化为杜鹃，啼声凄切。酹（lèi）：将酒洒在地上表示祭奠。蜀侯：蜀王，相传帝喾（kù）之子封于蜀，为蜀侯，古蜀国后为秦惠王所灭。诛：诛杀。

⑦江妃：亦作"江斐"，传说中的神女。典出汉刘向《列仙传·江妃二女》，江妃二女在江汉边游玩时遇上郑交甫，并解下身上玉佩送给他。郑交甫将之藏在怀中，转身刚走了几十步，怀里已空，不见玉佩，回头看二女时却不见踪影。纳：接受。重聘：丰厚的聘礼。卓女：卓文君，汉代才女，西汉临邛人，闻司马相如一曲《凤求凰》，与之相偕私奔，传为千古佳话。将雏：携带幼小的子女。

⑧弦：乐器上发声的线。停弦：停止弹琴。系爪：系，一作"击"，指弹拨乐器时所用的一种工具，形似指甲，戴于指端。息吹：停止吹奏乐曲。治：整理，涂抹。朱：红色，即朱唇。

⑨湔锦浪：清洗锦衫时上面的锦纹犹似浪花翻飞。回扇：挥扇。阳乌：神话传说中太阳里的三足乌，借指太阳。

⑩握节：持守符节，不辱君命。贱妾：古代妇女谦称自己。城隅：城墙角上作为屏障的女墙，即城角。

蜀道难

[南朝·陈] 阴铿

王尊奉汉朝，灵关不惮遥。①
高岷长有雪，阴栈屡经烧。②
轮摧九折路，骑阻七星桥。③
蜀道难如此，功名讵可要。④

【作者简介】

阴铿，字子坚，武威姑臧（今甘肃市武威县）人。南朝陈著名诗人、文学家。幼年好学，能诵诗赋，长大后博涉史传，尤善五言诗。阴铿凭借文才为陈文帝所赞赏，累迁招远将军、晋陵太守、员外散骑常侍。阴铿擅长描写山水，清新秀丽，同何逊相似，后人并称为"阴何"。

【题解】

《蜀道难》本为乐府旧题，属《相和歌辞·瑟调曲》，内容多描写蜀道艰险。今存《蜀道难》诗除李白的以外，尚有南朝梁简文帝二首、刘孝威二首、唐朝张文琮一首，此处收录南朝陈阴铿的诗作。

【注释】

①王尊：字子赣，生卒年不详，涿郡高阳（今河北省高阳县）人。西汉元帝时著名大臣。幼年丧父，为人牧羊，边牧边读，后拜郡文学官为师，治《尚书》《论语》。先后任虢县令、美阳令、安定太守，因打击郡中豪强，惩治贪官污吏，声威大振，后为益州刺史。灵关：四川省雅安市宝兴县以南。灵关古道是南方丝绸之路必经之道，从成都出发，经临邛（邛崃）、青衣（名山）等直到印度，是重要的商旅、军事要道。惮：害怕，畏惧。此二句描写王尊位居高位，却不畏蜀道艰难险峻入川。

②岷：岷山。阴栈：阴平郡的栈道，是入蜀捷径，后泛指入蜀栈道。

③轮摧：车轮折断。九折路：指九折阪，在今四川省荥经县西邛崃山，山路险阻曲回。相传西汉时益州刺史王阳路过此地，怕出意外而托病辞官。后王尊行至此处，听说前任刺史畏惧道路险峻而不敢前进，便大声吆喝驭者前行。后人便修建了一座叱驭桥，并以

成语"王尊叱驭"比喻尽忠职守，不畏艰险。骑：车骑。阻：阻断，拦挡。七星桥：太守李冰在成都治理二江，修建了七座桥，统称七星桥。以上四句详细描述蜀道之险，高山积雪终年不化，入蜀栈道多次被战火烧毁，九折道路曲折难行，以蜀道之险难衬托王尊不畏艰难的精神。

④讵（jù）：岂，怎。

别庾七入蜀

[北周] 庾信

峻岭拂阳乌，长城连蜀都。①
石铭悬剑壁，沙洲聚阵图。②
山长半股断，树古半心枯。③
由来兄弟别，共念一荆株。④

【作者简介】

庾信，字子山，小字兰成。祖籍南阳新野（今河南省新野县），南北朝时期著名文学家。其家族"七世举秀才""五代有文集"，父亲庾肩吾亦为南朝梁著名文学家。庾信自幼出入于萧纲的宫廷，与徐陵并为宫体文学的代表，被称为"徐庾体"。侯景之乱时被迫逃亡江陵。554年出使西魏，被强留于长安，永别江南。北周时官至骠骑大将军、开府仪同三司，故称"庾开府"。庾信后期经历战乱，生活流离颠沛，在北地常思故土，故多叹恨羁旅、感怀身世之作。其诗赋文皆佳，而由南入北的经历更使庾信的文学风格达到"穷南北之胜"，兼具齐梁文学骈俪声律之美与北朝文学浑厚刚健之风，开拓了新的艺术审美先河。

【题解】

庾肩吾生有四个孩子，分别为庾恒、庾信、庾译、庾揆，除庾信外，其余三人生平均不详。庾七存疑，当为庾信族兄弟。

【注释】

①峻岭：连绵的高山。阳乌：太阳。

②石铭：刻有文字的碑石，晋张载有《剑阁铭》。剑壁：峭壁，这里指剑阁。沙洲：江河里泥沙淤积成的小片陆地。阵图：指三国时蜀诸葛亮所摆的八阵图。《晋书·桓温传》："初，诸葛亮造八阵图于鱼复平沙之上，垒石为八行，行相去二丈。温见之，谓此常山蛇势也。文武皆莫能识之。"

③股：一作"腹"，此指分支。心：树心。

④由来：历来。荆株：荆枝，指兄弟。典故出自南朝梁吴均《续齐谐记》，田真兄弟三人分家，打算砍掉屋前的紫荆树均分之，次日则树已枯萎。兄弟三人遂感慨"树木同株""人不如木"，不再分家，紫荆树就又变得繁茂。后便以"荆枝"比喻兄弟骨肉同气连枝。

送杜少府之任蜀川

〔唐〕王勃

城阙辅三秦，风烟望五津。①
与君离别意，同是宦游人。②
海内存知己，天涯若比邻。③
无为在歧路，儿女共沾巾。④

【作者简介】

王勃，唐代诗人。汉族，字子安，绛州龙门（今山西省河津市）人。王勃与杨炯、卢照邻、骆宾王齐名，世称"初唐四杰"，王勃为"初唐四杰"之首。

【题解】

《送杜少府之任蜀川》是王勃在长安的时候写的。少府：官名，是唐朝对县尉的通称。之：到、往。蜀川：一作"蜀州"，今四川省崇州市。这位姓杜的少府将到四川去上任，王勃在长安相送，临别时赠送给他这首送别诗。

古代的许多送别诗，大都表现了伤感、不舍之情。王勃的这一首，却一洗悲酸之态，意境开阔，音调爽朗，独标高格。朋友即将上任，诗人劝慰他不要为离别而悲伤，虽然远隔天涯，但友谊不会因为距离的遥远而淡薄，他们的心是连在一起的。虽为送别诗，但全诗却无伤感之情，语句豪放清新，委婉亲切，表现了与友人间真挚深厚的友情。

全诗结构严谨，起承转合章法井然，用朴素的语言直抒胸臆，具有很高的艺术造诣。

【注释】

①城阙：城楼，指唐代京师长安城。辅：护卫。三秦：指长安城附近的关中之地，即今陕西省潼关以西一带。秦朝末年，项羽破秦，把关中分为三区，分别封给三个秦国的降将，所以称"三秦"。这句意思是京师长安由三秦作保护。五津：指岷江的五个渡口白华津、万里津、江首津、涉头津、江南津，这里泛指蜀川。

②同：一作"俱"。宦（huàn）游：出外做官。

③海内：四海之内，即全国各地。古代人认为我国疆土四周环海，所以称天下为四海之内。天涯：天边，这里比喻极远的地方。比邻：并邻，近邻。

④无为：不必。歧（qí）路：岔路。古人送行常在大路分岔处告别。沾巾：泪水沾湿衣服和腰带，意思是挥泪告别。

访戴天山道士不遇

[唐] 李白

犬吠水声中，桃花带露浓。①
树深时见鹿，溪午不闻钟。②
野竹分青霭，飞泉挂碧峰。③
无人知所去，愁倚两三松。④

【作者简介】

李白，字太白，号青莲居士，唐朝浪漫主义诗人，被后人誉为"诗仙"。李白存世诗文千余篇，有《李太白集》传世。762年，李白病逝，享年61岁。

【题解】

据清代黄锡珪《李太白年谱》，李白在十八九岁时，曾隐居在大匡山（戴天山）大明寺中读书，这首诗描绘了一幅色彩鲜明的访问道士不遇图，通篇着意于写景，真实自然，并生动形象地再现了道士世外桃源般的美好生活。

①吠：狗叫。带露浓：挂满了露珠。

②树深：树丛深处。

③青霭：青色的云气。

④倚：靠。

登锦城散花楼

［唐］李白

日照锦城头，朝光散花楼。①

金窗夹绣户，珠箔悬银钩。②

飞梯绿云中，极目散我忧。③

暮雨向三峡，春江绕双流。④

今来一登望，如上九天游。⑤

【题解】

这首诗是李白青年时期的作品，是李白最早创作的诗歌之一。关于此诗的具体创作时间有两种说法：詹福瑞、刘崇德、葛景春等认为此诗作于唐玄宗开元八年（720）春李白初游成都时；裴斐的《李白年谱简编》中则认为此诗是李白在开元十年（722）重游成都时所作。

【注释】

①锦城：锦城为成都的别称，又称锦里。散花楼：又名"锦楼"，为隋末蜀王杨秀所建，故址在今成都市区东北角。

②金窗、绣户：装饰华美的门窗。珠箔：指珠帘，用珍珠缀饰的帘子。银钩：玉制之钩。银，一作"琼"。

③飞梯：高梯，指通往高处的台阶。极目：远眺。

④三峡：指长江三峡。其说不一，今以瞿塘峡、巫峡、西陵峡为三峡，在重庆奉节至湖北宜昌之间。双流：今成都市双流区。

⑤此二句的意思是此时此际置身楼头，简直就是在九重天之上游览了。

登峨眉山

[唐] 李白

蜀国多仙山，峨眉邈难匹。①

周流试登览，绝怪安可悉？②

青冥倚天开，彩错疑画出。③

泠然紫霞赏，果得锦囊术。④

云间吟琼箫，石上弄宝瑟。⑤

平生有微尚，欢笑自此毕。⑥

烟容如在颜，尘累忽相失。⑦

倘逢骑羊子，携手凌白日。⑧

【题解】

此诗当作于唐玄宗开元八九年（720—721）间。李白 25 岁之前在蜀地读书游学，先后两次登上峨眉山。据裴斐的《李白年谱简编》所载，开元八年春，李白游成都，随即又登峨眉，作诗《登峨眉山》。据黄锡珪《李太白年谱》，开元九年，再游峨眉，有《登峨眉山》诗。

【注释】

①峨眉：指峨眉山，在今四川省峨眉山市西南。因两山相对，望之如峨眉而得名，是著名的风景区，有"峨眉天下秀"之称。邈：渺茫绵远。

②周流：周游。绝怪：绝特怪异。

③青冥：原指青色的天空，此指青幽的山峰。

④泠然：轻举貌。《文选·江淹〈杂体诗〉》："泠然空中赏。"锦囊术：成仙之术。《汉武内传》载，汉武帝曾把西王母和上元夫人所传授的仙经放在紫锦囊中。

⑤琼箫：玉箫，箫的美称。

⑥微尚：指学道求仙之愿。

⑦烟容：古时以仙人托身云烟，因而称仙人为烟容。此处烟容即指脸上的烟霞之气。尘累：尘世之烦扰。

⑧骑羊子：葛由。《列仙传》卷上："葛由者，羌人也。周成王时，好刻木羊卖之。一旦骑羊而入西蜀，蜀中王侯贵人追之上绥山。山在峨眉山西南，高无极也。随之者不复还，皆得仙道。"

别匡山

[唐] 李白

晓峰如画碧参差，藤影风摇拂槛垂。①

野泾来多将犬伴，人间归晚带樵随。②

看云客倚啼猿树，洗钵僧临失鹤池。③

莫怪无心恋清境，已将书剑许明时。④

【题解】

大匡山是李白少年读书的地方。此诗写于开元十二年（724），诸本均未收录，唯见于《彰明县志》《江油县志》及北宋《敕赐中和大明寺住持记》碑。碑载此诗无题，题始见于县志。李白《上安州裴长史书》："故知大丈夫必有四方之志，乃仗剑去国，辞亲远游。"此诗即其远游之始，辞乡之作。文据宋碑移录。此诗用美景和闲适生活来衬托壮志雄心，匡山美景和闲适生活固然让人安闲舒适，但诗人"无心恋"，"已将书剑许明时"，决心把自己的文韬武略奉献给清明的时代，表现出诗人欲建功立业的远大抱负。

【注释】

①碧参差：《彰明县志》作色参差。槛：指大明寺之栏杆。

②樵：柴草。

③失鹤池：《彰明县志》作"饲鹤池"。

④莫怪：《彰明县志》作"莫谓"。清境：《彰明县志》作"清景"。书剑：指文才武艺。明时：政治开明之时代。

峨眉山月歌

[唐] 李白

峨眉山月半轮秋，影入平羌江水流。①
夜发清溪向三峡，思君不见下渝州。②

【题解】

这首诗出自《李太白全集》卷八，是年轻的李白初离蜀地时的作品，大约作于725年以前。全诗意境明朗，语言浅近，音韵流畅。诗中凡咏月处，皆抒发江行思友之情，令人陶醉。诗境中无处不贯穿着山月这一具有象征意义的艺术形象，这就把广阔的空间和永恒的时间统一起来。明代王世贞评价说："此是太白佳境，二十八字中有峨眉山、平羌江，清溪、三峡、渝州，使后人为之，不胜痕迹矣，益见此老炉锤之妙。"

【注释】

①峨眉山：在今四川省峨眉山市西南。半轮秋：半圆的秋月，

即上弦月或下弦月。影：月光。平羌：江名，即今青衣江，在峨眉山东北，源出四川芦山，流经乐山汇入岷江。

②夜：今夜。发：出发。清溪：指清溪驿，在四川省乐山市犍为县峨眉山附近。三峡：指长江瞿塘峡、巫峡、西陵峡，在今重庆、湖北的交界处。君：指峨眉山月，一指作者的友人。下：顺流而下。渝州：今重庆一带。

送友人入蜀

[唐] 李白

见说蚕丛路，崎岖不易行。①

山从人面起，云傍马头生。②

芳树笼秦栈，春流绕蜀城。③

升沉应已定，不必问君平。④

【题解】

据送行地在秦地，可推出此诗当作于唐玄宗天宝二年（743）李白在长安送友人入蜀时，诗人当时正受到朝廷权贵的排挤。在劝导朋友时，李白借用君平的典故婉转地启发他的朋友不要沉迷于功名利禄，在循循善诱中也不乏对自身的身世感慨。此诗风格清新俊逸，对仗精工严整，笔力开阖顿挫，变化万千，最后以议论作结，更富韵味。

【注释】

①见说：唐代俗语，即"听说"。蚕丛：蜀国的开国君王。蚕丛路：代称入蜀的道路。崎岖：道路不平状。

②山从人面起：人在栈道上走时，紧靠峭壁，山崖好像从人的一侧突兀而起。云傍马头生：云气依傍着马头而上升翻腾。

③芳树：开着香花的树木。秦栈：由秦（今陕西省）入蜀的栈道。春流：春江水涨，江水奔流。或指流经成都的郫江、流江。蜀城：指成都，也可泛指蜀中城市。

④升沉：进退升沉，即人在世间的遭遇和命运。君平：西汉严遵，字君平，隐居不仕，曾在成都以卖卜为生。

蜀道难

[唐] 李白

噫吁嚱，危乎高哉！①

蜀道之难难于上青天。

蚕丛及鱼凫，开国何茫然。②

尔来四万八千岁，不与秦塞通人烟。③

西当太白有鸟道，可以横绝峨眉巅。④

地崩山摧壮士死，然后天梯石栈相钩连。⑤

上有六龙回日之高标，下有冲波逆折之回川。⑥

黄鹤之飞尚不得过，猿猱欲度愁攀援。⑦

青泥何盘盘，百步九折萦岩峦。⑧

扪参历井仰胁息，以手抚膺坐长叹。⑨

问君西游何时还，畏途巉岩不可攀。⑩

但见悲鸟号古木，雄飞雌从绕林间。⑪

又闻子规啼夜月，愁空山。⑫

蜀道之难难于上青天，使人听此凋朱颜！⑬

连峰去天不盈尺，枯松倒挂倚绝壁。⑭

飞湍瀑流争喧豗，砯崖转石万壑雷。⑮

其险也若此，嗟尔远道之人胡为乎来哉！⑯

剑阁峥嵘而崔嵬，一夫当关，万夫莫开。⑰

所守或匪亲，化为狼与豺。⑱

朝避猛虎，夕避长蛇，磨牙吮血，杀人如麻。⑲

锦城虽云乐，不如早还家。⑳

蜀道之难难于上青天，侧身西望长咨嗟！㉑

【题解】

蜀道难：南朝乐府旧题，属《相和歌·瑟调曲》。这首诗最早见录于唐人殷璠所编的《河岳英灵集》，该书编成于唐玄宗天宝十二年(753)，由此可知李白这首诗的写作年代最迟也应该在《河岳英灵集》编成之前。此诗袭用乐府旧题，诗中李白以天纵之才与雄健笔力，极写蜀道之难与险。展示了蜀道的奇丽惊险和不可凌越的磅礴气势，同时将历史与现实、山川与人事、真实描写与奇幻想象、神话传说等结合起来，从而赋予蜀道在自然意义之外更为深刻的历史与人生寓意。清代沈德潜评价此诗："笔势纵横，如虬飞蠖动，起雷霆于指顾之间。"

【注释】

①噫（yī）吁（xū）嚱（xī）：惊叹声，蜀方言，表示惊讶的声音。宋祁《宋景文公笔记》卷上："蜀人见物惊异，辄曰'噫吁嚱'。李白作《蜀道难》因用之。"

②蚕丛、鱼凫（fú）：传说中古蜀国两位国王的名字，据《华阳国志·蜀志》，有蜀侯蚕丛，其纵目。蚕丛，即蚕丛氏，是蜀人的先王。何茫然：何，多么。茫然，完全不知道的样子，这里指古史传说悠远难详。扬雄《蜀本王纪》："蜀王之先，名蚕丛、柏灌、鱼凫、蒲泽、开明。……从开明上至蚕丛，积三万四千岁。"

③尔来：从那时以来。四万八千岁：极言时间之漫长，夸张而大约言之。秦塞：秦的关塞，指秦地。秦地四周有山川险阻，故称"四塞之地"。通人烟：人员往来。

④西当：在西边的。当：在。太白：山名，秦岭主峰，在今陕西省眉县南。冬夏积雪，望之皓然，故名太白。鸟道：指连绵高山间的仄迫小径，只有鸟能飞过，人迹所不能至。横绝：横越。峨眉巅：峨眉山顶峰。

⑤地崩山摧壮士死：据《华阳国志·蜀志》载，相传秦惠王想征服古蜀国，知道蜀王好色，答应送给他五个美女。蜀王派五位壮士去接人，他们回到梓潼的时候，看见一条大蛇进入穴中，一位壮士抓住了它的尾巴，其余四人也来相助，用力往外拽。不多时，山崩地裂，壮士和美女都被压死。山分为五岭，入蜀之路遂通。这便是著名的"五丁开山"的故事。摧：倒塌。天梯：非常陡峭的山路。石栈：栈道。

⑥六龙回日：《淮南子》注云："日乘车，驾以六龙，羲和御之。日至此而薄于虞渊，羲和至此而回六螭。"意思是传说中的羲和驾驶着六龙之车（即太阳）到此处便迫近虞渊（传说中的日落处）。高标：指蜀山中可作一方之标识的最高峰。冲波：水流冲击腾起的波

浪，这里指激流。逆折：水流回旋。回川：有漩涡的河流。

⑦黄鹤：黄鹄（hú），善飞的大鸟。尚：尚且。得：能。猿猱（náo）：蜀山中最善攀缘的猴类。

⑧青泥：青泥岭，在今甘肃省徽县南，陕西省略阳县北，为入蜀要道。《元和郡县志》卷二十二记载："青泥岭，在县西北五十三里，接溪山东，即今通路也。悬崖万仞，山多云雨，行者屡逢泥淖，故号青泥岭。"盘盘：曲折回旋的样子。百步九折：百步之内拐九道弯。萦（yíng）：盘绕。岩峦：山峰。

⑨扪（mén）参（shēn）历井：参、井是二星宿名。古人把天上的星宿分别指配于地上的州国，叫作"分野"，以便通过观察天象来占卜地上所配州国的吉凶。参星为蜀之分野，井星为秦之分野。扪：用手摸。历：经过。胁息：屏气不敢呼吸。膺（yīng）：胸。坐：徒，空。这句意思是山高近天，竟能伸手触摸星宿。

⑩君：入蜀的友人。西游：成都位于长安西南，自秦入蜀故言西游。畏途：可怕的路途。巉（chán）岩：险恶陡峭的山壁。

⑪但见：只听见。号（háo）古木：在古树木中大声啼鸣。从：跟随。

⑫或为"又闻子规啼，夜月愁空山"。子规：杜鹃鸟，蜀地最多，鸣声悲哀，若云"不如归去"。《蜀记》曰："昔有人姓杜名宇，王蜀，号曰望帝。宇死，俗说杜宇化为子规。子规，鸟名也。蜀人闻子规鸣，皆曰望帝也。"

⑬凋朱颜：红颜带忧色，如花凋谢。

⑭去：距离。盈：满。连：连绵。

⑮飞湍：飞奔而下的急流。喧豗（huī）：喧闹声，这里指急流和瀑布发出的巨大响声。砯（pīng）崖：水撞石之声。砯：水冲击石壁发出的响声，这里作动词用，冲击的意思。转：使滚动。壑：山谷。此句谓水势翻动山石，声如雷鸣，回荡于千岩万壑之间。

⑯嗟（jiē）：感叹声。尔：你。胡为：为什么。来：指入蜀。

⑰剑阁：又名剑门关，在四川省剑阁县北，是大、小剑山之间的一条栈道，长约三十里。峥嵘、崔嵬：形容山势高峻崎岖的样子。一夫：一人。当关：守关。莫开：不能打开。

⑱所守：指把守关口的人。或匪亲：倘若不是可信赖的人。匪，同"非"。

⑲朝：早上。吮血：吸血。杀人如麻：指杀人多如乱麻，《汉书·天文志》："后秦遂以兵内兼六国，外攘四夷，死人如乱麻。"

⑳锦城：今成都，成都古代以产锦闻名，朝廷曾经设官于此，专收棉织品，故称锦城或锦官城。

㉑咨嗟：叹息。

荆门浮舟望蜀江

[唐] 李白

春水月峡来，浮舟望安极？①
正是桃花流，依然锦江色。②
江色绿且明，茫茫与天平。③
逶迤巴山尽，摇曳楚云行。④
雪照聚沙雁，花飞出谷莺。⑤
芳洲却已转，碧树森森迎。⑥
流目浦烟夕，扬帆海月生。⑦
江陵识遥火，应到渚宫城。⑧

【题解】

　　荆门：荆门山，在今湖北省宜都市西北长江南岸。蜀江：指今四川省境内的长江。唐肃宗乾元元年（758）春，李白因参加永王璘的幕府获罪，流放夜郎（今贵州省桐梓县一带）。乾元二年（759），诗人在长流夜郎途中，行至夔州（今重庆市奉节县）白帝城，遇赦得释，于是乘舟东下，行至荆门写了这首清雄、奔放的名作。这首诗描绘了蜀江春水的秀丽景色和乘舟泛游的情趣，形象生动，感情热烈，表现了诗人遇赦以后愉快、轻松的情感。

【注释】

　　①月峡：峡上石壁有孔，形如满月，故称。望安极：怎么能望到尽头呢？即一望无际的意思。

　　②桃花流：指春讯。春天江水上涨，正值桃花盛开，故称之为桃花流。锦江：指岷江流经成都的一段。传说蜀人织锦濯其中则锦色鲜艳，濯于他水则锦色暗淡，故名锦江。

　　③江水绿且明：江水清澈碧绿的样子。陆游《入蜀记》载，"与儿辈登堤岸、观蜀江，乃知李太白《荆门望蜀江》诗'江色绿且明'，真善状物也"。

　　④逶迤：曲折连绵的样子。巴山：大巴山，绵延于川、甘、陕、鄂四省边境。摇曳：缓慢地飘荡。楚云：荆门古时属楚国，故称荆门一带的云为楚云。

　　⑤出谷莺：典故名，出自《毛诗正义》卷九之三《小雅·鹿鸣之什·伐木》："出自幽谷，迁于乔木。"后遂以出谷莺指从幽谷飞出的鸟，亦喻指升迁之人。

　　⑥却已转：指小船继续前进，芳洲已退向另一方面。却：退。碧树：绿树。森森：树木繁盛的样子。迎：迎面来到。

　　⑦流目：游目，放眼四面眺望。浦：水滨。烟夕：云烟弥漫的

傍晚。海月：这里指江月。

⑧遥火：远处的灯火。渚宫：春秋时楚成王所建别宫，故址在今湖北省荆州市江陵县。

人日寄杜二拾遗

［唐］高适

人日题诗寄草堂，遥怜故人思故乡。①

柳条弄色不忍见，梅花满枝空断肠。②

身在远藩无所预，心怀百忧复千虑。③

今年人日空相忆，明年人日知何处。④

一卧东山三十春，岂知书剑老风尘。⑤

龙钟还忝二千石，愧尔东西南北人。⑥

【作者简介】

高适，字达夫，河北景县人。晚年曾任左散骑常侍，后人因称"高常侍"。早年随父旅居岭南。开元中曾求仕长安，又北上蓟门，漫游燕赵，后寓居宋中（今河南省商丘市一带），家贫，浪迹渔樵，与李白、杜甫等交游。天宝八年（749），因睢阳太守张九皋荐，举有道科，授封丘尉。后入哥舒翰河西幕，官左骁卫兵曹、掌书记。安史乱起，助哥舒翰守潼关。潼关失守，奔行在，擢谏议大夫，迁淮南节度使。左除太子少詹事，分司东都，历彭、蜀二州刺史。广德元年（763），

迁剑南西川节度使。入朝为刑部侍郎，转左散骑常侍。有《高运集》二十卷，已佚。后人编有《高常侍集》十卷行世。《全唐诗》编诗四卷。

【题解】

这首诗作于肃宗上元二年（761），高适当时任蜀州刺史。大约在乾元元年（758），《旧唐书·高适传》："李辅国恶（高）适敢言，短于上前，乃左授太子少詹事。"后来高适连续左迁，到了上元元年（760），他已是蜀州刺史，实际上远离了政治中心。

人日，指的是农历正月初七。古代习俗中，正月初一到初七，每日各有所属：一日为鸡，二日为狗，三日为猪，四日为羊，五日为牛，六日为马，七日为人。所以本诗就是在正月初七所作。杜二，即杜甫。拾遗，谏官名。杜甫在肃宗乾元元年曾任左拾遗。此诗通过怀人思乡，深深表现出身世飘零，英雄迟暮之感，情真意切，悲怆动人。杜甫读及此诗，不禁"泪洒行间，读终篇末"，见《追酬高蜀州人日见寄并序》。

【注释】

①草堂：上元元年（760）春，杜甫在成都浣花溪畔建成草堂。

②此句是说春色美妙然而"不忍见"与"空断肠"，正是表达了诗人思乡之苦以至于眼前的春色都给他带来一种凄惶的感受。

③无所预：不能参与朝政大事。高适自恃文才武略本应建功树业，然而远离了政治中心，因此内心忧虑重重。

④此句是说今天的正月初七徒然相互思念，明年的正月初七彼此又将处于何处。

⑤东山：东晋谢安，少有重名，征召授官，不就，隐居会稽。后来以东山泛指隐居之地。书剑：古人随身携带的东西，借指自己。

老风尘：在宦海沉浮的岁月中渐渐老去。这是英雄迟暮之感。

⑥龙钟：年老体衰，行动不便的样子。忝：谦辞，使他人受辱的意思。二千石：此句自谦、自嘲已年迈体衰，而与其他人同列刺史。自谦于杜甫才高，却位列高适之下；自嘲愤慨于虽为刺史，实则愈迁愈远，已被朝廷弃置。东西南北人：杜甫漂泊四方，颠沛流离，高适因此相称。《礼记·檀弓》中孔子曾自谓"东西南北人也"，因而高适借此称杜甫，实有尊崇之意。

成都府

[唐] 杜甫

翳翳桑榆日，照我征衣裳。①
我行山川异，忽在天一方。②
但逢新人民，未卜见故乡。③
大江东流去，游子日月长。④
曾城填华屋，季冬树木苍。⑤
喧然名都会，吹箫间笙簧。⑥
信美无与适，侧身望川梁。⑦
鸟雀夜各归，中原杳茫茫。⑧
初月出不高，众星尚争光。⑨
自古有羁旅，我何苦哀伤。⑩

【作者简介】

杜甫,字子美,自号少陵野老,唐代伟大的现实主义诗人,与李白合称"李杜"。为了与另两位诗人李商隐与杜牧即"小李杜"区别,杜甫与李白又合称"大李杜",杜甫也常被称为"老杜"。

杜甫在中国古典诗歌中的影响非常深远,被后人称为"诗圣",他的诗被称为"诗史"。后世称其杜拾遗、杜工部,也称他为杜少陵、杜草堂。

【题解】

这首五言古诗,是杜甫由同谷赴西川途中所写的十二首诗的末篇。唐肃宗乾元二年(759)十二月一日,诗人举家从同谷出发,艰苦跋涉,终于在年底到达成都,因有此作。

【注释】

①翳翳:晦暗不明貌。陆机《文赋》:"理翳翳而愈伏,思轧轧其若抽。"吕延济注:"翳翳,暗貌。"桑榆:日落时光照桑榆树端,因以指日暮。《太平御览》卷三引《淮南子》:"日西垂,景在树端,谓之桑榆。"征衣裳:此指旅人之衣。

②这两句指一路走来经历了千山万水,不知不觉又到了成都这样一个遥远而崭新的地方。

③但:只。新人民:新地初睹之人。未卜:没有占卜,引申为不知,难料。

④大江:指岷江。东流去:一作"从东来"。游子:离家远游的人。日月:时间,一作"去日"。谢朓《暂使下都夜发新林至京邑赠两府同僚》:"大江流日夜,客心悲未央。"

⑤填:布满。华屋:华美的屋宇。季冬:冬季的最后一个月,农历十二月。苍:深青色,深绿色。

⑥喧然：热闹，喧哗。名都会：著名的城市，此指成都。间（jiàn）：夹杂，一作"奏"。笙（shēng）簧（huáng）：指笙。簧，笙中之簧片。

⑦无与适：无处可称心。川梁：桥梁。江淹《灯夜和殷长史》诗："冰鳞不能起，水鸟望川梁。"

⑧此句是说以鸟雀犹知归巢，因起归乡之思。

⑨初月：新月。争光：与之争夺光辉。

⑩羁旅：指客居异乡的人。

赠花卿

[唐] 杜甫

锦城丝管日纷纷，半入江风半入云。①
此曲只应天上有，人间能得几回闻。②

【题解】

花卿：成都尹崔光远的部将花敬定。这首绝句的前两句对乐曲作具体形象的描绘，是实写；后两句以天上的仙乐相夸，是遐想。因实而虚，虚实相生，将乐曲的美妙赞誉描写到了极致。虽然诗句字面上明白如话，但对它的主旨，历来注家颇多异议。有人认为它只是赞美乐曲，并无弦外之音；而杨慎《升庵诗话》却说："花卿在蜀颇僭用天子礼乐，子美作此讥之，而意在言外，最得诗人之旨。"

037

沈德潜《说诗晬语》也说："诗贵牵意，有言在此而意在彼者，杜少陵刺花敬定之僭窃，则想新曲于天上。"

【注释】

①锦城：锦官城，此指成都。丝管：弦乐器和管乐器，这里泛指音乐。纷纷：形容乐曲的轻柔悠扬。

②天上：一说指天宫，一说是暗指皇宫。几回闻：本意是听到几回，意思是人间很少听到。

蜀相

[唐] 杜甫

丞相祠堂何处寻？锦官城外柏森森。①
映阶碧草自春色，隔叶黄鹂空好音。②
三顾频烦天下计，两朝开济老臣心。③
出师未捷身先死，长使英雄泪满襟！④

【题解】

蜀相：三国时蜀国丞相，指诸葛亮。唐肃宗乾元二年（759）十二月，杜甫结束了为时四年的寓居秦州、同谷（今甘肃省成县）的颠沛流离的生活，到了成都，在朋友的资助下，他定居在浣花溪畔。第二年的春天，他探访了诸葛武侯祠，写下了这首感人肺腑的千古绝唱。

　　杜甫虽然怀有"致君尧舜"的政治理想，但他仕途坎坷，抱负无法施展。他写《蜀相》这首诗时，安史之乱还没有平息。他目睹了国势艰危，生民涂炭，而自身又请缨无路，报国无门，对当年开创基业、挽救时局的诸葛亮无限仰慕，倍加敬重。

【注释】

　　①锦官城：今四川省成都市。森森：茂盛的样子。

　　②自：空，白白地。

　　③三顾频烦天下计：诸葛亮隐居隆中，刘备曾三次前往拜访，请教得天下的大计。三顾：刘备三顾茅庐。频烦：多次相请。两朝开济老臣心，诸葛亮为了辅助蜀国刘备、刘禅两代君主开创基业、匡救危时，鞠躬尽瘁，死而后已。开济：开创，匡济。这里指诸葛亮帮助刘备开国和辅佐刘禅继位。

　　④出师未捷身先死：诸葛亮数次出兵伐魏，希望统一天下，未获成功，最后病死于五丈原军中。

春夜喜雨

[唐] 杜甫

好雨知时节，当春乃发生。①

随风潜入夜，润物细无声。②

野径云俱黑，江船火独明。③

晓看红湿处，花重锦官城。④

【题解】

这首诗写于唐上元二年（761）春。诗题虽是《春夜喜雨》，但是全诗不露喜字，却又始终充满喜意。诗从概括的叙述到形象的描绘，由耳闻到目睹，自当晚到次晨，结构严谨，用词讲究，使人从字里行间感受到一股令人喜悦的春天气息。

【注释】

①发生：萌发生长。

②潜：暗暗地，悄悄地。这里指春雨在夜里悄悄地随风而至。润物：使万物受到雨水的滋养。

③野径：田野间的小路。这两句是指满天黑云，连小路、江面、江上的船只都看不见，只能看见江船上的点点灯火，暗示雨意正浓。

④晓：天刚亮的时候。红湿处：雨水湿润的花丛。花重：花因为饱含雨水而显得沉重。锦官城：故址在今成都市南，亦称锦城，后人将其用作成都的别称。此句是说露水盈花的美景。

涪城县香积寺官阁

［唐］杜甫

寺下春江深不流，山腰官阁迥添愁。①
含风翠壁孤云细，背日丹枫万木稠。②
小院回廊春寂寂，浴凫飞鹭晚悠悠。③
诸天合在藤萝外，昏黑应须到上头。④

涪城：唐代县名，当时属绵州，不久改属梓州。香积寺：在涪城县东的香积山上。官阁：官家建的阁子。唐宝应元年（762），杜甫来到涪城县东南三里北枕涪江的香积山（今三台县西北 27 公里的安宁乡境内），作此诗。诗的着眼点由低到高，从山下之江，山腰之阁，到山上之寺。空间错落，层层叠叠。香积寺若隐若现于满山红枫与绿色藤萝之间，更有轻风吹翠白云淡，落日映枫丹木浓，一淡一浓，言有尽而意无穷。

【注释】

①江：涪江。迥：甚。

②背日丹枫万木稠：背阴处的枫树在落日的余晖中显得十分稠密。丹枫：枫树。

③寂寂：境地之幽。凫：野鸭。悠悠：物性之闲。

④诸天：佛教把欲界、色界、无色界的三十三天称为诸天。这里指香积寺。合：应。

陈拾遗故宅

［唐］杜甫

拾遗平昔居，大屋尚修椽。①

悠扬荒山日，惨淡故园烟。②

位下曷足伤，所贵者圣贤。③

有才继骚雅，哲匠不比肩。④

公生扬马后，名与日月悬。⑤

同游英俊人，多秉辅佐权。⑥

彦昭超玉价，郭振起通泉。⑦

到今素壁滑，洒翰银钩连。⑧

盛事会一时，此堂岂千年。⑨

终古立忠义，感遇有遗编。⑩

【题解】

此诗写杜甫造访陈子昂在射洪县东七里东武山下的故居，想到陈子昂的生平交游，最后高度评价了陈子昂的诗歌，表达了他对陈子昂的仰慕之情。

【注释】

①拾遗：指陈子昂。陈子昂，字伯玉，梓州射洪（今四川省遂宁市射洪县）人，唐代诗人，初唐诗文的革新人物之一。因曾任右拾遗，后世称陈拾遗。陈拾遗故宅在射洪县东武山下。大屋尚修椽，指陈子昂故居大屋尚在。

②悠扬：夕阳西下的样子。惨淡：烟雾缭绕的样子。

③位下：官位低下。曷：何。

④骚雅：诗歌的优秀传统。比肩：并列，地位相当。此二句赞其才华过人。

⑤公：代指陈子昂。扬马：指扬雄与司马相如，扬马皆蜀人，故比之陈公。

⑥这两句写陈子昂的交游遗迹，同游：指与陈子昂交游的人。

英俊：优秀的人物。辅佐权：指与陈子昂交游的人都是执掌大权的人物，

⑦彦昭：赵彦昭，唐中宗时为中书侍郎、同中书门下平章事。超玉价：身价比美玉还高。郭振：曾任通泉尉，所以说"起通泉"，唐睿宗时为吏部尚书，同中书门下平章事。唐玄宗时，因协助平定太平公主之乱有功，被封为代国公。

⑧洒翰：挥笔写字。银钩：比喻道劲有力的书法。这两句是说陈子昂故居的墙壁上，到现在还留着赵、郭二人的题字。

⑨盛事：指朋友间相遇相合的盛事。此堂：这所房子，指陈子昂故居。

⑩终古：万古。这两句意思是陈子昂留下的诗篇，足以表明他的忠义之心，让其流传万古。

九日登梓州城

[唐] 杜甫

伊昔黄花酒，如今白发翁。①
追欢筋力异，望远岁时同。②
弟妹悲歌里，朝廷醉眼中。③
兵戈与关塞，此日意无穷。④

【题解】

《九日登梓州城》作于重阳节。《全唐诗》中，共收录有两首同名为《九日登梓州城》的五言律诗。按黄鹤注"宝应元年及广德元年，公皆在梓州"，创作年代也应该在这段时间。

【注释】

①伊昔：从前。黄花酒：古人在重阳节饮菊花酒，因菊花色黄，故称黄花酒。

②筋力：体力。

③这两句是说在慷慨悲歌中思念弟妹，以朦胧醉眼看苍茫大地。

④此日：指重阳节当日。

巴山

[唐] 杜甫

巴山遇中使，云自峡城来。①

盗贼还奔突，乘舆恐未回。②

天寒邵伯树，地阔望仙台。③

狼狈风尘里，群臣安在哉？④

【题解】

此诗写于广德元年（763）十一月，当时杜甫在阆州。阆居巴子之国，故诗题名《巴山》。杜甫人在巴山而心系朝廷，前六句写自己忧心君王，最后两句责及人臣。

【注释】

①巴山：指作者所在的阆州。

②盗贼：指吐蕃入寇。乘舆：皇帝的车驾。此二句指吐蕃还在狼奔豕突，而征兵不应，官吏奔散，天子大概还没有回长安。当时唐代宗因长安失陷逃到陕州。

③邵伯树：陕州城有一棵甘棠树，传说是召公曾在树下处理民事纠纷，劝导百姓努力从事农业。邵伯：周文王之子，也称召公。望仙台：汉武帝所建，唐代宗从长安逃出来要经过这里。

④此二句诘问天子在风尘中狼狈奔逃，讥文官不能扈从，武将不能御敌。据《资治通鉴》载，唐代宗出奔陕州时"官吏藏窜，六军逃散"，所以作者有此激愤之语。

西山三首 （即岷山，捍阻羌夷，全蜀巨障）

［唐］杜甫

其一

夷界荒山顶，蕃州积雪边。①

筑城依白帝，转粟上青天。②

蜀将分旗鼓，羌兵助井泉。③

西戎背和好，杀气日相缠。④

其二

辛苦三城戍，长防万里秋。⑤

烟尘侵火井，雨雪闭松州。⑥

风动将军幕，天寒使者裘。⑦

漫山贼营垒，回首得无忧。⑧

其三

子弟犹深入，关城未解围。⑨

蚕崖铁马瘦，灌口米船稀。⑩

辩士安边策，元戎决胜威。⑪

今朝乌鹊喜，欲报凯歌归。

【题解】

这首组诗写于广德元年（763）十二月，是杜甫在松州被围时所作。诗人自注："即岷山，捍阻羌夷，全蜀巨障。"《图经》云：岷山巉绝崛立，捍阻羌夷，全蜀依为巨屏。此诗记西山时事，杜甫抱忧国之怀，筹时之略，而又涉逢乱离，故在梓阆间有感于朝事边防，凡见诸诗歌者，多悲凉激壮之语。而各篇精神焕发，气骨风神，并臻其极。此五律之入圣者，熟复长吟，方知为千古绝唱也。

【注释】

①钱笺《元和郡县志》载：岷山，即汶山，南去青城山百里，天色晴明，望见成都。山顶停雪，常深百丈，夏月融泮，江川为之洪溢，即陇之南首也。李宗谔《图经》载：维州，南界江城，岷山

连岭而西，不知其极，北望高山，积雪如玉，东望成都若井底，一面孤峰，三面临江，是西蜀控吐蕃之要冲。

②白帝：黄希曰："白帝，西方之帝也。"旧引夔州白帝城，非是。转粟：《汉书·韩安国传》曰："转粟挽输。"这里指运送粮食。

③羌兵：指西山诸国内附部落。助井泉：《北齐书·平鉴传》："鉴乃具衣冠俯井而祝，至旦有井泉涌溢，合城取之。"《旧唐书·封常清传》："常清于幕中潜作捷书，具言次舍井泉，遇贼形势。"这里指羌兵助唐寻找水源。

④蔡琰《茄曲》："杀气朝朝冲塞门。"这两句是说战事频繁而紧急。

⑤这两句言守城之难。

⑥《唐志》："火井在邛州，有火井县。"《九域志》云："有火井在蓬州。"蓬与果、巴州为邻，而邛与雅州为邻，雅去羁縻罗岩州不满三百里，此当指邛而言。松、维二州，唐属西川，自广德元年（763）后吐蕃复置行州，以首领为刺史司马矣。

⑦天寒：天气寒冷。裘：着裘服。

⑧漫山：遍山。营垒：筑垒。

⑨子弟：唐诸卫用功臣、扈从子弟。杜甫《东西两川说》："兼差堪战子弟向二万人，足以备边守险。"

⑩蚕崖：《寰宇记》载："蚕崖关在导江县西北四十七里。"灌口：镇名，今为四川省都江堰市政府所在地。

⑪元戎：大的兵车。

草堂

〔唐〕杜甫

昔我去草堂，蛮夷塞成都。①

今我归草堂，成都适无虞。②

请陈初乱时，反复乃须臾。③

大将赴朝廷，群小起异图。④

中宵斩白马，盟歃气已粗。⑤

西取邛南兵，北断剑阁隅。⑥

布衣数十人，亦拥专城居。⑦

其势不两大，始闻番汉殊。⑧

西卒却倒戈，贼臣互相诛。⑨

焉知肘腋祸，自及枭獍徒？⑩

义士皆痛愤，纪纲乱相逾。⑪

一国实三公，万人欲为鱼。⑫

唱和作威福，孰肯辨无辜？⑬

眼前列杻械，背后吹笙竽。⑭

谈笑行杀戮，溅血满长衢。⑮

到今用钺地，风雨闻号呼。⑯

鬼妾与鬼马，色悲充尔娱。⑰

国家法令在，此又足惊吁。⑱

贱子且奔走，三年望东吴。⑲

孤矢暗江海，难为游五湖。⑳

不忍竟舍此，复来薙榛芜。㉑

入门四松在，步屧万竹疏。㉒

旧犬喜我归，低徊入衣裾。㉓

邻里喜我归，酤酒携胡芦。㉔

大官喜我来，遣骑问所须。㉕

城郭喜我来，宾客隘村墟。㉖

天下尚未宁，健儿胜腐儒。㉗

飘摇风尘际，何地置老夫。㉘

于时见疣赘，骨髓幸未枯。㉙

饮啄愧残生，食薇不敢余。㉚

【题解】

　　唐代宗宝应元年（762）四月，严武被召还朝，"大将赴朝廷，群小起异图"，当时的剑南西川兵马使徐知道便乘机纠集邛南兵叛乱。杜甫因送严武入朝至绵州，为避徐知道而转赴梓州。至唐代宗广德二年（764）三月，严武复任东西川节度使兼成都尹，杜甫始携家人自阆州返回成都。此诗当作于广德二年春，杜甫自阆州返回成都草堂后。诗中用大量篇幅回溯了徐知道乱蜀的始末及其严重后果，是对旧史的重要补充。

【注释】

　　①去：离开。蛮夷：指徐知道叛乱是纠集的川西羌兵。塞：犹

言充斥。

②归：返回。虞：忧患。

③陈：陈述。初乱时，宝应元年（762）七月徐知道叛乱初起时。反复：指叛乱。乃须臾：只在顷刻之间，言叛乱发生得很快。

④大将：指严武，当时他任成都尹兼剑南节度使。群小：指徐知道及其同伙。

⑤中宵：半夜。盟歃：歃血为盟。气已粗：气势凌人。

⑥邛南：邛州（今四川省邛崃市）以南一带，当时为内附羌夷居所，徐知道引之为乱。剑阁：即剑门山栈道，是中原入蜀的门户，北断剑阁：意为阻止官军。

⑦布衣：指跟随徐知道反叛的平民。专城居：指任主宰一城的州牧、太守等地方长官。这句说数十个跟随叛军作乱的平民，竟当上了刺史。

⑧其势不两大：徐知道和羌兵首领互不相服。蕃汉殊：羌兵与徐知道汉不和而内讧。

⑨西卒：李忠厚统帅的羌兵。倒戈：指羌兵倒转过来攻打徐知道。贼臣互相诛：指徐知道被部下李忠厚杀死。

⑩肘腋祸：起于自己身边的灾祸。枭獍（xiāo jìng）：像枭獍那样的恶人，传说中枭食母，獍食父。常用来比喻狠恶忘恩的人。

⑪义士：当时倡议讨乱者。纪纲：封建王朝的法纪，政纲。逾：越轨，引申为破坏。

⑫一国实三公：《左传·僖公五年》："初，晋侯使士蒍为二公子筑蒲与屈，不慎，寘薪焉。夷吾诉之。公使让之。士蒍……退而赋曰：'狐裘尨茸，一国三公，吾谁适从？'"后多用为政出多门，权势分散的典故。万人欲为鱼：东汉时，刘林曾建议光武帝刘秀决黄河水淹赤眉军，说可使其百万之众成为鱼。后用为杀伤生灵极多之典。此借指蜀中叛乱将危及百姓。

⑬唱和：此唱彼和。作威：恣意杀戮。福：穷奢极欲。辜：罪也。

⑭杻械：刑具。在手为杻，在足为械，即脚镣手铐。这句意思是眼前摆满了刑具，背后却有乐队吹奏乐曲。

⑮此二句是说在谈笑间杀人取乐。

⑯用钺（yuè）：指杀人。这句是说在那些杀人的地方，直到今天还能听到风雨中冤魂的哭号声。

⑰鬼马：原主人死后遗留的马。色悲：面带悲色。尔：你，你们。此指乘徐知道叛乱中，假平乱诛逆为名而为非作歹之徒。娱：含悲供人取乐的意思。

⑱这句是说国家自有法令在，却发生这样的事情，真是让人惊叹。

⑲贱子：杜甫自称。三年：指宝应元年（762）至广德二年（764），杜甫逃离成都，往来梓、阆间。东吴：长江下游地区。

⑳弧矢：犹弓箭，喻战乱。江海：喻全国各地。五湖：指江苏太湖一带，古为吴地。

㉑舍：放弃。榛芜（zhēn wú）：丛生的荆棘野草。薙：除去杂草。

㉒四松：作者曾在草堂移植了四棵小松树，两年前避难梓州时，还十分惦念这四棵小松。步屧（xiè）：著屐散步，此处指步行。疏：疏朗。

㉓低佪：徘徊留恋。衣裾（jū）：衣服的下摆。

㉔酤（gū）酒：买酒。

㉕大官：指严武。遣骑：指派人骑马前来。

㉖城郭：指城郭间邻人。隘：阻塞。此处形容来往宾客之多。

㉗健儿：勇健的武夫。腐儒：迂腐的书生，实指杜甫自己。

㉘飘摇：形容时局的动荡不安。风尘际：指动乱时期。

㉙疣赘：皮肤上的赘生物，此处言自己多余无用。骨髓幸未枯：言自己侥幸未死。

㉚饮啄：此处杜甫以禽鸟自比，言个人要饮食。食薇：吃野菜。薇指野草名，嫩时可食，常采以充饥。

秋兴八首

〔唐〕杜甫

其一

玉露凋伤枫树林，巫山巫峡气萧森。①

江间波浪兼天涌，塞上风云接地阴。②

丛菊两开他日泪，孤舟一系故园心。③

寒衣处处催刀尺，白帝城高急暮砧。④

其二

夔府孤城落日斜，每依北斗望京华。⑤

听猿实下三声泪，奉使虚随八月槎。⑥

画省香炉违伏枕，山楼粉堞隐悲笳。⑦

请看石上藤萝月，已映洲前芦荻花。⑧

其三

千家山郭静朝晖，日日江楼坐翠微。⑨

信宿渔人还泛泛，清秋燕子故飞飞。⑩

匡衡抗疏功名薄，刘向传经心事违。⑪

同学少年多不贱，五陵衣马自轻肥。⑫

其四

闻道长安似弈棋，百年世事不胜悲。⑬

王侯第宅皆新主，文武衣冠异昔时。⑭

直北关山金鼓振，征西车马羽书驰。⑮

鱼龙寂寞秋江冷，故国平居有所思。⑯

其五

蓬莱宫阙对南山，承露金茎霄汉间。⑰

西望瑶池降王母，东来紫气满函关。⑱

云移雉尾开宫扇，日绕龙鳞识圣颜。⑲

一卧沧江惊岁晚，几回青琐点朝班。⑳

其六

瞿塘峡口曲江头，万里风烟接素秋。㉑

花萼夹城通御气，芙蓉小苑入边愁。㉒

珠帘绣柱围黄鹄，锦缆牙樯起白鸥。㉓

回首可怜歌舞地，秦中自古帝王州。㉔

其七

昆明池水汉时功，武帝旌旗在眼中。㉕

织女机丝虚夜月，石鲸鳞甲动秋风。㉖

波漂菰米沉云黑，露冷莲房坠粉红。㉗

关塞极天惟鸟道，江湖满地一渔翁。㉘

其八

昆吾御宿自逶迤，紫阁峰阴入渼陂。㉙

香稻啄余鹦鹉粒，碧梧栖老凤凰枝。㉚

佳人拾翠春相问，仙侣同舟晚更移。㉛

彩笔昔曾干气象，白头吟望苦低垂。㉜

【题解】

《秋兴八首》是唐大历元年（766）秋，杜甫在夔州时所作的一组七言律诗，八首蝉联、结构严密、抒情深挚，因秋而感发诗兴，故曰"秋兴"。这组诗展现了夔州萧条的秋色、清凄的秋声、作者暮年多病的苦况、关心国家命运的深情，悲壮苍凉，意境深闳。杜甫自唐肃宗乾元二年（759）弃官，至当时已历七载，此时，严武去世，杜甫在成都生活失去依靠，遂沿江东下，滞留夔州。他眼看战乱频仍，国无宁日，人无定所，当此秋风萧瑟之时，不免触景生情，因此写下这组诗。

【注释】

①玉露：秋天的霜露，因其白，故以玉喻之。凋伤：使草木凋落衰败。巫山巫峡：指夔州（今奉节）一带的长江和峡谷。萧森：萧瑟阴森。

②江间：指巫峡。兼天涌：波浪滔天。塞上：指巫山。接地阴：风云盖地。这两句写因见江间的波浪想到塞上的风云。

③丛菊两开：杜甫此前一年的秋天在云安，这一年的秋天在夔州，从离开成都算起，已历两秋，故云"两开"。"开"字双关，一谓菊花开，又言泪眼开。他日：往日，指多年来的艰难岁月。故园：此处当指长安。

④催刀尺：指赶裁冬衣。处处催：见得家家如此。白帝城：今奉节城，在瞿塘峡上口北岸的山上，与夔门隔岸相对。急暮砧：黄昏时急促的捣衣声。砧：捣衣石。这两句写暮秋游子思乡。

⑤夔（kuí）府：唐置夔州，州治在奉节，为府署所在，故称。京华：指长安。

⑥三声泪：郦道元《三峡》："每至晴初霜旦，林寒涧肃，常有高猿长啸，属引凄异，空谷传响，哀转久绝。故渔者歌曰：'巴东三峡巫峡长，猿鸣三声泪沾裳。'"槎：木筏。

⑦画省：指尚书省，汉尚书省以胡粉涂壁，紫素界之，画古烈士像，故别称画省。山楼：白帝城楼。

⑧此二句意思是石上藤萝的月影，洲前的芦荻花，都如往事千般，倏忽而过。

⑨翠微：青山。

⑩信宿：再宿。

⑪匡衡：字雅圭，汉朝人。抗疏：指臣子对于君命或廷议有所抵制，上疏极谏。刘向：字子政，汉朝经学家。

⑫轻肥：《论语·雍也》："赤之适齐也，乘肥马，衣轻裘。"

⑬闻道：听说。杜甫因离开京城日久，对朝廷政局的变化不便直言，故云"闻道"。似弈棋：是说长安政局像下棋一样反复变化，局势不明。百年：指代一生。此二句是杜甫感叹自身所经历的时局变化，像下棋一样反复无定，令人伤悲。

⑭第宅：府第、住宅。新主：新的主人。异昔时：指与旧日不同。此二句感慨今昔盛衰之种种变化，悲叹自己去京之后，朝官又换一拨。

⑮北：正北，指与北边回纥之间的战事。金鼓振：指有战事，金鼓为军中以明号令之物。征西：指与西边吐蕃之间的战事。羽书：指羽檄，插着羽毛的军用紧急公文。驰：形容紧急。此二句意思是西北吐蕃、回纥侵扰，边患不止，战乱频繁。

⑯鱼龙：泛指水族。寂寞：是指入秋之后，水族潜伏，不在水面上活动。《水经注》："鱼龙以秋冬为夜。"相传龙以秋为夜，秋分之后，潜于深渊。故国：指长安。平居：指平素之所居。此二句是说在夔州秋日思念旧日长安平居生活。

⑰蓬莱宫阙：指大明宫。蓬莱：汉宫名。唐高宗龙朔二年（662），重修大明宫，改名蓬莱宫。南山：终南山。承露金茎：指仙人承露盘下的铜柱。汉武帝在建章宫之西神明台上建仙人承露盘。唐代无承露盘，此乃以汉喻唐。霄汉间：高入云霄，形容承露金茎极高。

⑱瑶池：神话传说中女神西王母的住地，在昆仑山。降王母：《穆天子传》等书记载了周穆王登昆仑山会西王母的传说。《汉武内传》则说西王母曾于某年七月七日飞降汉宫。东来紫气：指老子自洛阳入函谷关。《列仙传》记载，老子西游至函谷关，关尹喜登楼而望，见东极有紫气西迈，知有圣人过函谷关，后来果然见老子乘青牛车经过。函关：函谷关。此二句借用典故描写长安城宫殿的宏伟气象。

⑲云移：指宫扇云彩般地分开。雉尾：指雉尾扇，用雉尾编成，是帝王仪仗的一种。唐玄宗开元年间，萧嵩上疏建议，皇帝每月朔、望日受朝于宣政殿，上座前，用羽扇障合，俯仰升降，不令众人看见，等到坐定之后，方令人撤去羽扇。后来定为朝仪。日绕龙鳞：形容皇帝衮袍上所绣的龙纹光彩夺目，如日光缭绕。圣颜：天子的容貌。此二句是说宫扇云彩般地分开，在威严的朝见仪式中，自己曾亲见过皇帝的容颜。

⑳一：自从。卧沧江：指卧病夔州。岁晚：岁末，切诗题之

"秋"字，兼伤年华已逝。几回：言立朝时间之短，只不过几回而已。青琐：汉未央宫门名，门饰以青色，镂以连环花纹。后亦借指宫门。点朝班：指上朝时，殿上依班次点名传呼百官朝见天子。此二句慨叹自己晚年远离朝廷，卧病夔州，虚有朝官（检校工部员外郎）之名，却久未参加朝列。

㉑瞿塘峡：峡名，三峡之一，在夔州东。曲江：在长安之南，名胜之地。万里风烟：指夔州与长安相隔万里之遥。素秋：秋尚白，故称素秋。

㉒花萼：花萼相辉楼，在长安南内兴庆宫西南隅。夹城：据《长安志》记载，唐玄宗开元二十年（732），从大明宫依城修筑复道，经通化门，达南内兴庆宫，直至曲江芙蓉园。通御气：此复道因系方便天子游赏而修，故曰"通御气"。芙蓉小苑：芙蓉园，也称南苑，在曲江西南。入边愁：传来边地战乱的消息。唐玄宗常住兴庆宫，常和妃子们一起游览芙蓉园。史载当安禄山叛乱的消息传到长安，唐玄宗在逃往四川之前，曾登兴庆宫花萼楼饮酒，四顾凄怆。

㉓珠帘绣柱：形容曲江行宫别院的楼亭建筑极其富丽华美。黄鹄：鸟名，即天鹅。《汉书·昭帝纪》："始元元年春，黄鹄下建章宫太液池中。"此句是说因曲江宫殿林立，池苑有黄鹄之类的珍禽。锦缆牙樯：指曲江中装饰华美的游船。锦缆：彩丝做的船索。牙樯：用象牙装饰的桅杆。此句说曲江上舟楫往来不息，水鸟时被惊飞。

㉔歌舞地：指曲江池苑。此句是说昔日繁华的歌舞之地曲江，如今屡遭兵灾，荒凉寂寞，令人不堪回首。秦中：此处借指长安。帝王州：帝王建都之地。

㉕昆明池：遗址在今西安市西南斗门镇一带，汉武帝所建。《汉书·武帝纪》载元狩三年（前120）在长安仿昆明滇池而凿昆明池，以习水战。武帝：汉武帝，亦代指唐玄宗。唐玄宗为攻打南诏，曾在昆明池演习水兵。旌旗：指楼船上的军旗。

㉖织女：指汉代昆明池西岸的织女石像，俗称石婆。机丝：织机及机上之丝。虚夜月：空对着一天明月。石鲸：指昆明池中的石刻鲸鱼。《三辅黄图》卷四引《三辅故事》曰："池中有豫章台及石鲸，刻石为鲸鱼，长三丈，每至雷雨常鸣吼，鬣尾皆动。"汉代石鲸尚在，现藏于陕西历史博物馆。

㉗菰（gū）：茭白，一种草本植物，生浅水中，叶似芦苇，根茎可食。秋天结实，皮黑褐色，状如米，故称菰米，又名雕胡米。此句是说菰米漂浮在昆明池面，菰影倒映在水中，望过去黑压压一片，像乌云一样浓密。莲房：莲蓬。坠粉红：指秋季莲蓬成熟，花瓣片片坠落。此二句刻画昆明池晚秋荒凉萧瑟之景。

㉘关塞：夔州山川。极天：极高。惟鸟道：形容道路高峻险要，只有飞鸟可通。此句指从夔州北望长安，所见唯有崇山峻岭，恨身无双翼，不能飞越。江湖满地：指漂泊江湖，苦无归宿。渔翁：杜甫自比。

㉙昆吾：汉武帝上林苑地名，在今陕西省蓝田县西。《汉书·扬雄传》："武帝广开上林，东南至宜春、鼎湖、昆吾。"御宿：又称樊川，在今西安市长安区杜曲至韦曲一带。《三辅黄图》卷四："御宿苑，在长安城南御宿川中。汉武帝为离宫别院，禁御人不得入。往来游观，止宿其中，故曰御宿。"逶迤：道路曲折的样子。紫阁峰：终南山峰名，在今陕西省西安市鄠邑区东南。阴：山之北、水之南，称阴。渼（měi）陂（bēi）：水名，在今陕西省西安市鄠邑区西，唐时风景名胜之地。陂：池塘湖泊。紫阁峰在渼陂之南，陂中可以看到紫阁峰秀美的倒影。

㉚香稻啄余鹦鹉粒：即使是剩下的香稻粒，也是鹦鹉吃剩下的。此句为倒装语序。碧梧栖老凤凰枝：即使碧梧枝老，也是凤凰所栖。同上句一样，是倒装语序。此二句写渼陂物产之美，其中满是珍禽异树。

㉛拾翠：拾取翠鸟的羽毛。相问：赠送礼物，以示情意。《诗·郑风·女曰鸡鸣》："知子之顺之，杂佩以问之。"仙侣：指春游之伴侣，仙字形容其美好。晚更移：指天色已晚，尚要移船他处，以尽游赏之兴。

㉜彩笔：五彩之笔，喻指华美艳丽的文笔。《南史·江淹传》："又尝宿于冶亭，梦一丈夫自称郭璞，谓淹曰：'吾有笔在卿处多年，可以见还。'淹乃探怀中，得五色笔一，以授之。尔后为诗绝无美句，时人谓之才尽。"干气象：喻指自己曾于天宝十载上《三大礼》赋，得唐玄宗赞赏。白头：指年老。望：望京华。

咏怀古迹五首

［唐］杜甫

其一

支离东北风尘际，飘泊西南天地间。①

三峡楼台淹日月，五溪衣服共云山。②

羯胡事主终无赖，词客哀时且未还。③

庾信平生最萧瑟，暮年诗赋动江关。④

其二

摇落深知宋玉悲，风流儒雅亦吾师。⑤

怅望千秋一洒泪，萧条异代不同时。⑥

江山故宅空文藻，云雨荒台岂梦思。⑦

最是楚宫俱泯灭，舟人指点到今疑。⑧

其三

群山万壑赴荆门，生长明妃尚有村。⑨
一去紫台连朔漠，独留青冢向黄昏。⑩
画图省识春风面，环佩空归夜月魂。⑪
千载琵琶作胡语，分明怨恨曲中论。⑫

其四

蜀主窥吴幸三峡，崩年亦在永安宫。⑬
翠华想像空山里，玉殿虚无野寺中。⑭
古庙杉松巢水鹤，岁时伏腊走村翁。⑮
武侯祠堂常邻近，一体君臣祭祀同。⑯

其五

诸葛大名垂宇宙，宗臣遗像肃清高。⑰
三分割据纡筹策，万古云霄一羽毛。⑱
伯仲之间见伊吕，指挥若定失萧曹。⑲
运移汉祚终难复，志决身歼军务劳。⑳

【题解】

　　作者于唐代宗大历元年（766）从夔州出三峡，到江陵，先后游历了宋玉宅、庾信故居、昭君村、永安宫、先主庙、武侯祠等古迹，对于古代的才士、国色、英雄、名相，他深表崇敬，写下了《咏怀古迹五首》，以抒情怀。这五首诗分别吟咏了庾信、宋玉、王昭君、刘备、诸葛亮等人在长江三峡一带留下的古迹，赞颂了五位历史人物的文章学问、心性品德、伟绩功勋，对这些历史人物凄凉的身世、壮志未酬的人生表达了深切的同情，寄寓了自己仕途失意、颠沛流离的身世之感，抒发了自身的理想、感慨和悲哀。全诗语言凝练，气势浑厚，意境深远。

【注释】

①支离：流离。东北：指安禄山起兵处河北。风尘：指安史之乱以来的兵荒马乱。

②楼台：指夔州地区的房屋依山而建，层叠而上，状如楼台。淹：滞留。日月：岁月，时光。五溪：在今湘、黔、川边境，是少数民族聚居的地方。共云山：共居处。这里指与穿着各色少数民族服饰的百姓一起居住在云山里。

③羯（jié）胡：古代北方少数民族，指安禄山。事主：侍奉皇帝。终无赖：终究是不可靠的。词客：诗人自谓。未还：未能还朝回乡。

④庾（yǔ）信：南北朝诗人。动江关：指庾信晚年诗作影响大。

⑤摇落：凋残，零落。风流儒雅：指宋玉文采华丽潇洒，学养深厚渊博。

⑥异代：时代不同。指自己虽与宋玉隔开几代，萧条之感却是相同。

⑦故宅：江陵和归州（秭归）均有宋玉宅，此指秭归之宅。空文藻：斯人已去，只有诗赋留传下来。云雨荒台：宋玉在《高唐赋》中述楚之"先王"游高唐，梦一妇人，自称巫山之女，临别时说："妾在巫山之阳，高丘之阻，旦为行云，暮为行雨，朝朝暮暮，阳台

之下。"阳台：山名，在今重庆市巫山县。

⑧楚宫：楚王宫。此二句是说最感慨的是楚宫今已泯灭，因后世一直流传这个故事，至今船只经过时，舟人还带疑似的口吻指点着这些古迹。

⑨荆门：山名，在今湖北省宜都市西北。明妃：王昭君，名王嫱，汉元帝宫女，后嫁给匈奴呼韩邪单于。昭君故里在秭归东北，距荆门不远。

⑩去：离开。紫台：汉宫，紫宫，宫廷。朔漠：北方大沙漠。青冢：昭君墓，在今呼和浩特市城南二十里，传说塞外草多白色，唯有昭君墓上的草是青色的，故称青冢。

⑪画图：画像，据《西京杂记》载，元帝后宫既多，不得常见，乃使画工图形，案图召幸之。诸宫人皆赂画工，多者十万，少者亦不减五万。独王嫱不肯，遂不得见。匈奴入朝，求美人为阏氏。于是上案图，以昭君行。及去，召见，貌为后宫第一，善应对，举止闲雅。帝悔之，而名籍已定。省识：略识。一说"省"意为曾经。春风面：形容王昭君的美貌。环佩：妇女戴的装饰物。佩，通"珮"。

⑫胡语：胡音。怨恨曲中论（lún）：乐曲中诉说着昭君的怨恨。

⑬蜀主：指刘备。幸：临幸，刘备率兵进攻东吴，途径三峡。崩：死。

⑭翠华：皇帝的仪仗。玉殿：作者原注："殿今为卧龙寺，庙在宫东。"这两句是说空山里，可以想象刘备当年的仪仗，如今玉殿早已无存，只有野寺尚在。

⑮巢：做巢。伏腊：伏天腊月。指每逢节气村民皆前往祭祀。

⑯武侯祠堂：一作"武侯祠屋"，指夔州的诸葛亮祠庙。这两句是说君臣生前一体，死后也一同享受祭祀。

⑰垂：流传。宇宙：兼指天下古今。宗臣：为后世所敬仰的大臣，指诸葛亮。肃清高：为诸葛亮的高风亮节而肃然起敬。

⑱三分割据：指魏、蜀、吴三国鼎足而立。纡筹策：费劲心血地筹划。云霄一羽毛：凌霄的飞鸟，比喻诸葛亮的智慧和品德。

⑲伯仲：不相上下。伊吕：指伊尹、吕尚。《汉书》卷五十六《董仲舒传赞》："董仲舒有王佐之材，虽伊、吕亡以加，管、晏之属，伯者之佐，殆不及也。"伊尹辅商汤，西周吕尚佐周武王，皆有大功，后因并称伊吕泛指辅弼重臣。萧曹：指萧何、曹参，汉高祖刘邦的名臣。刘克庄说："卧龙没已千载，而有志世道者，皆以三代之佐许之。此诗侪之伊吕伯仲间，而以萧曹为不足道，此论皆自子美发之。"

⑳运：运数。祚：帝位。复：恢复，挽回。志决：志向坚定，指诸葛亮《出师表》所云"鞠躬尽瘁，死而后已"。身歼：身死。

赴犍为经龙阁道

[唐] 岑参

侧泾转青壁，危梁透沧波。①
汗流出鸟道，胆碎窥龙涡。②
骤雨暗黔口，归云网松萝。③
屡闻羌儿笛，厌听巴童歌。④
江路险复永，梦魂愁更多。⑤
圣朝幸典郡，不敢嫌岷峨。⑥

【作者简介】

岑参，荆州江陵（今湖北省江陵县）人，太宗时功臣岑文本重孙，后徙居江陵。岑参早岁孤贫，从兄就读，遍览史籍。唐玄宗天宝三年（744）进士，初为率府兵曹参军。后两次从军边塞，先在安西节度使高仙芝幕府掌书记。天宝末年，封常清为安西北庭节度使时，为其幕府判官。唐代宗时，曾官嘉州刺史（今四川省乐山市），世称"岑嘉州"。大历二年（767）四月赴嘉州刺史任，大历三年（768）七月被罢官，乘舟东归，为乱军所阻，折返成都寓居客舍，大历五年（770）秋卒于成都。岑参工诗，长于七言歌行，多对边塞风光，军旅生活以及人文风俗有所描写。现存诗360首。风格与高适相近，后人多并称"高岑"。著有《岑参集》十卷，已佚。今有《岑嘉州集》七卷（或为八卷）行世。《全唐诗》编诗四卷。

【题解】

此诗为大历元年（766），岑参随杜鸿渐入蜀，途经龙阁道时所作。永泰元年（765）十一月，岑参已被委任为嘉州刺史，因蜀中内乱未能赴任。犍为，即犍为郡，在今四川省乐山市。龙阁道，即龙门阁，在今四川省广元市东北，是蜀道上最险的栈道之一。此诗主要写龙阁道之险绝。

【注释】

①侧径：狭窄的路。谢灵运《于南山往北山经湖中瞻眺》："侧径既窈窕，环洲亦玲珑。"危梁：高架于山谷间的桥。

②鸟道：险峻小道，只有鸟能通过。庾信《秦州天水郡麦积崖佛龛铭》："鸟道乍穷，羊肠或断。"李白《蜀道难》："西当太白有鸟道，可以横绝峨眉巅。"龙涡：深潭旋涡。相传龙或飞升于天，或沉潜于渊，所以江河之中旋流所形成的深潭被称为龙涡。

③松萝：别称女萝、蔓萝、松寄生，一种攀附在其他植物身上生长的线状植物。

④羌儿笛：马融《长笛赋》："近世双笛从羌起，羌人伐竹未及已。"巴童歌：巴渝之童，善歌舞。

⑤永：长。梦魂：古人以为人的灵魂在睡梦中会离开肉体，故称"梦魂"。

⑥圣朝：封建时代尊称本朝，亦作为皇帝的代称。典郡：典，主也。此指作为刺史主管郡事。

万里桥

[唐] 岑参

成都与维扬，相去万里地。①
沧江东流疾，帆去如鸟翅。②
楚客过此桥，东看尽垂泪。③

【题解】

万里桥，在四川省成都市南。刘光祖《万里桥记》："罗城南门外笮桥之东，七星桥之一曰长星桥者，古今相传，孔明于此桥送吴使张温，曰：'此水下至扬州万里'，后因以名。或曰费祎聘吴，孔明送之至此，曰：'万里之道，从此始也。'"万里桥是外省游子思乡流泪之地，诗人借此抒发了自己身为异乡之客的愁苦。

【注释】

①维扬：古扬州。刘希夷《江南曲》其五："潮平见楚甸，天际望维扬。"

②沧江：暗绿的江水。李白《忆襄阳旧游赠马少府巨》："开窗碧嶂满，拂镜沧江流。"

③楚客：岑参是荆州人，因此自称楚客。

扬雄草玄台

[唐] 岑参

吾悲子云居，寂寞人已去。①

娟娟西江月，犹照草玄处。②

精怪喜无人，睢盱藏老树。③

【题解】

高惟几《扬子云宅辩碑记》："中兴寺即西汉末扬雄草《太玄》所也，宅在州城西北二里二百八十步。"诗人通过对扬雄故居寂寥景象的描写，抒发了苍凉之感。

【注释】

①子云：西汉文学家、哲学家扬雄，字子云。

②娟娟：美好柔美的样子。

③精怪：妖精鬼怪。睢盱：喜悦的样子。

登嘉州凌云寺作

[唐] 岑参

寺出飞鸟外，青峰戴朱楼。①

搏壁跻半空，喜得登上头。②

始知宇宙阔，下看三江流。③

天晴见峨眉，如向波上浮。④

迥旷烟景豁，阴森棕楠稠。⑤

愿割区中缘，永从尘外游。⑥

回风吹虎穴，片雨当龙湫。⑦

僧房云濛濛，夏月寒飕飕。⑧

回合俯近郭，寥落见远舟。⑨

胜概无端倪，天宫可淹留。⑩

一官讵足道，欲去令人愁。⑪

【题解】

　　杜鸿渐于大历二年（767）六月，罢去剑南西川节度使职，岑参亦离开幕府，转赴嘉州为刺史，抵达嘉州后不久即登寺观览，写下此诗。凌云寺在今四川省乐山市岷江对岸凌云山的丹霞峰前。凌云

山有九峰，原本各峰都有寺庙，唐武宗的时候被毁了八座，只留下了凌云寺，寺前依山而建的就是乐山大佛。

【注释】

①此二句是说古寺高耸于飞鸟之上，青翠的山峰矗立着红色的楼台。

②搏：持而据之。跻：升，登。

③三江：指岷江、青衣江和大渡河，三江在乐山汇合。

④峨眉：指峨眉山。

⑤迥旷：空阔深远的样子。烟景：烟云笼罩的景象。豁：开阔。

⑥区中缘：人间的尘缘。尘外：尘世之外。

⑦龙湫：瀑布下的深潭，龙的巢穴。杜甫《寄从孙崇简》："嵯峨白帝城东西，南有龙湫北虎溪。"

⑧飕飕：形容风吹雨打，寒冷的样子。

⑨回合：周围。回：转；合：同，会。郭：城外加筑的城墙。内城为城，外城为郭。《说文》："郭，外城也。"后来也泛指城市。寥落：疏散稀少。谢朓《京路夜发诗》："晓星正寥落，晨光复泱漭。"

⑩胜概：美景。端倪：事情的头绪、迹象。

⑪讵：岂，何。

巴南舟中夜书事

[唐] 岑参

渡口欲黄昏，归人争渡喧。①

近钟清野寺，远火点江村。②

见雁思乡信，闻猿积泪痕。③

孤舟万里夜，秋月不堪论。④

【题解】

此诗作于大历三年（768）秋东归途中。书事：记事。此诗描写了诗人回乡途中所见及所感，抒发了诗人的思乡之情。

【注释】

①归人：归来的人。陶潜《和刘柴桑》："荒涂无归人，时时见废墟。"

②此二句是说近处野外的寺庙钟声清越，远处江边的村庄有火光点燃。

③乡信：家乡人或家人的信。闻猿：郦道元《三峡》："巴东三峡巫峡长，猿鸣三声泪沾裳。"

④论：说。

成都曲

[唐] 张籍

锦江近西烟水绿，新雨山头荔枝熟。①
万里桥边多酒家，游人爱向谁家宿。②

【作者简介】

张籍，字文昌，和州乌江（今安徽省和县乌江镇）人。张籍为韩愈大弟子，其乐府诗与王建齐名，并称"张王乐府"。贞元十四年（798），张籍北游，经孟郊介绍，在汴州认识韩愈。韩愈为汴州进士考官，荐张籍，贞元十五年（799）在长安进士及第。元和元年（806）调补太常寺太祝，与白居易相识，互相切磋，对各自的创作产生了积极的影响。张籍为太祝10年，因患目疾，几乎失明，被人们称为"穷瞎张太祝"。元和十一年（816），转国子监助教，目疾初愈。15年后，迁秘书郎。长庆元年（821），受韩愈荐为国子博士，迁水部员外郎，又迁主客郎中。大和二年（828），迁国子司业。世称"张水部""张司业"。

【题解】

这是张籍游成都时写的一首七绝，通过描写成都市郊的风物人情和市井繁华景况，表达了诗人对太平生活的向往。因为此诗不拘平仄，所以用标乐府体的"曲"字示之。

【注释】

①锦江：岷江分支之一，在今四川省成都平原，以江水清澄、濯锦鲜明而著称。它流经成都南郊，江南为郊野，江北为市区，江中有商船。传说蜀人织锦濯其中则锦色鲜艳，濯于他水，则锦色暗淡，故称。左思《蜀都赋》："百室离房，机杼相和；贝锦斐成，濯色江波。"刘逵注引三国蜀谯周《益州志》："成都织锦既成，濯于江水，其文分明，胜于初成；他水濯之，不如江水也。"杜甫《登楼》："锦江春色来天地，玉垒浮云变古今。"新雨：刚下过的雨。

②万里桥：在四川省成都市南。刘光祖《万里桥记》："罗城南门外笮桥之东，七星桥之一曰长星桥者，古今相传，孔明于此桥送吴使张温，曰：'此水下至扬州万里。'后因以名。或曰：'费祎聘吴，孔明送之至此，曰：'万里之道，从此始也'。"杜甫《狂夫》："万里桥西一草堂，百花潭水即沧浪。"

春望词四首

［唐］薛涛

其一

花开不同赏，花落不同悲。①
欲问相思处，花开花落时。②

其二

揽草结同心，将以遗知音。③
春愁正断绝，春鸟复哀吟。④

其三

风花日将老，佳期犹渺渺。⑤
不结同心人，空结同心草。⑥

其四

那堪花满枝，翻作两相思。⑦
玉箸垂朝镜，春风知不知。⑧

【作者简介】

薛涛，字洪度，京兆长安（今陕西省西安市）人。因父亲薛郧做官而来到蜀地，早年父亲死去，与母亲相依为命。后来薛涛 16 岁入乐籍。居成都时，成都的最高地方军政长官剑南西川节度使前后更换十一届，大多与薛涛有诗文往来。韦皋任节度使时，拟奏请唐德宗授薛涛以秘书省校书郎官衔，因格于旧例，未能实现，但人们却称之为"女校书"。薛涛脱乐籍后，终身未嫁。成都市望江楼公园有"薛涛墓"。后人将薛涛与鱼玄机、李冶、刘采春并称"唐代四大女诗人"，与卓文君、花蕊夫人、黄峨并称"蜀中四大才女"。流传至今诗作有 90 余首，收于《锦江集》。薛涛曾居浣花溪（今浣花溪公园）上，制作桃红色小笺写诗，后人仿制，称"薛涛笺"。

【题解】

此诗写于诗人隐居浣花溪时期，此时她年过四十，饱经人世沧桑。诗人通过凝望春日的花草，聆听鸟鸣，抒发了春思与春愁。

【注释】

①此二句是说花开时不能一起欣赏，花落时又不能一同悲伤。

②相思：彼此想念。后多指男女相悦而无法接近所引起的想念。苏武《留别妻》："生当复来归，死当长相思。"

③同心：指同心结。同心，志同道合，情投意合。《古诗十九首·涉江采芙蓉》："同心而离居，忧伤以终老。"遗：给予，馈赠。

④春愁：春日的愁绪。

⑤渺渺：渺茫。

⑥此二句是说不能与情投意合的人相结合，揽草结成同心结也只是徒然。

⑦那堪：怎堪，怎能禁受。李端《溪行遇雨寄柳中庸》："那堪两处宿，共听一声猿。"翻作：写作。翻：按照曲调写歌词，谱制歌曲。

⑧玉箸：比喻眼泪。梁简文帝《楚妃叹》："金簪鬓下垂，玉箸衣前滴。"李白《闺情》："玉箸日夜流，双双落朱颜。"

筹边楼

［唐］薛涛

平临云鸟八窗秋，壮压西川四十州。①

诸将莫贪羌族马，最高层处见边头。②

【题解】

筹边楼位于成都西郊，是大和四年至六年（830—832）李德裕任剑南、西川节度使时为筹划边事所建，故名。此楼不仅供登览，而且与军事有关。据《通鉴》记载："德裕至镇，作筹边楼，图蜀地形，南入南诏，西达吐蕃。日召老于军旅、习边事者，虽走卒蛮夷无所间，访以山川、城邑、道路险易，广狭远近。未逾月，皆若身尝涉历。"在他的任期内，收复过被吐蕃占据的维州城，西川地方一直很安定。大和六年（832）十一月，李德裕调任离蜀，此后边疆纠纷又起。诗中的"羌族"就是指吐蕃而言的。作此诗时薛涛已年近七十，她因感慨时事而写此诗。

【注释】

①平临云鸟：极言楼高，上与云鸟相接。八窗：极言楼旷，可以看见八方的景色。壮压：指高楼之壮，极具震慑力。西川四十州：西川，四川西部；四十州：一说"十四州"。

②羌族：古代羌族主要分布在甘肃、青海以及四川西部，总称西羌，以游牧为主。边头：边疆，边地。

题凌云寺二首

［唐］薛涛

其一

闻说凌云寺里苔，风高日近绝纤埃。①

横云点染芙蓉壁，似涛诗人宝月来。②

其二

闻说凌云寺里花，飞空绕磴逐江斜。^③

有时锁淂嫦娥镜，镂出瑶台五色霞。^④

【题解】

凌云寺在今四川省乐山市岷江对岸凌云山的丹霞峰前。凌云山有九峰，原本各峰都有寺庙，唐武宗的时候被毁了八座，只留下了凌云寺，寺前依山而建的就是乐山大佛。据韦皋《嘉州凌云寺大弥勒石像记》等资料记载，佛像开凿于唐玄宗开元初年（713），完工于唐德宗贞元十九年（803）。

【注释】

①闻说：犹听说。

②横云：横于云间，形容高。宝月：康宝月，南朝齐武帝时人，诗僧。

③飞空：飞入空中。储光羲《咏山泉》："映地为天色，飞空作雨声。"磴：石头台阶。

④瑶台：用玉石装饰的华美高台，仙人居住的地方。李白《清平调》："若非群玉山头见，会向瑶台月下逢。"五色：青、赤、白、黑、黄五种颜色。古代以此五者为正色，后用以泛指各种颜色。

谒巫山庙

［唐］薛涛

乱猿啼处访高唐，路入烟霞草木香。①

山色未能忘宋玉，水声犹是哭襄王。②

朝朝夜夜阳台下，为雨为云楚国亡。

惆怅庙前多少柳，春来空斗画眉长。③

【题解】

巫山庙，又称神女庙或高唐观。宋玉《高唐赋》："昔者楚襄王
与宋玉游于云梦之台，望高唐之观。"因得名。李贻孙《夔州都督府
记》："东水行一百七里得县曰'巫山'，神女之庙，楚王之祠。高唐
阳台之欢，朝云暮雨之形胜在焉。"一说此诗作于元和十一年（816）
春，宋玉喻指行军司马李程，襄王喻指西川节度使武元衡。

【注释】

①高唐：指巫山庙。

②宋玉：战国时楚国人，屈原的弟子，为楚大夫。襄王：楚襄
王，楚怀王之子。

③惆怅：伤感，悲愁，失意。

竹枝词十首

[唐] 刘禹锡

其一

白帝城头春草生，白盐山下蜀江清。①
南人上来歌一曲，北人莫上动乡情。②

其二

山桃红花满上头，蜀江春水拍山流。③
花红易衰似郎意，水流无限似侬愁。④

其三

江上朱楼新雨晴，瀼西春水縠文生。⑤
桥东桥西好杨柳，人来人去唱歌行。⑥

其四

日出三竿春雾消，江头蜀客驻兰桡。⑦
凭寄狂夫书一纸，家住成都万里桥。⑧

其五

两岸山花似雪开，家家春酒满银杯。⑨

昭君坊中多妇伴，永安宫外踏青来。⑩

其六

城西门前滟滪堆，年年波浪不能摧。⑪
懊恼人心不如石，少时东去复西来。⑫

其七

瞿唐嘈嘈十二滩，此中道路古来难。⑬
长恨人心不如水，等闲平地起波澜。⑭

其八

巫峡苍苍烟雨时，清猿啼在最高枝。⑮
个里愁人肠自断，由来不是此声悲。⑯

其九

山上层层桃李花，云间烟火是人家。⑰
银钏金钗来负水，长刀短笠去烧畲。⑱

其十

杨柳青青江水平，闻郎江上唱歌声。⑲
东边日出西边雨，道是无晴却有晴。⑳

【作者简介】

刘禹锡，字梦得，自称"家本荥上，籍占洛阳"，又自言系出中山，其先为中山靖王刘胜。有"诗豪"之称。刘禹锡于贞元九年（793）进士及第，初在淮南节度使杜佑幕府中任记室，为杜佑所器重，后从杜佑入朝，为监察御史。贞元末，与柳宗元、陈谏、韩晔等结交王叔文，形成了一个以王叔文为首的政治集团。会昌时，加检校礼部尚书。卒年七十，赠户部尚书。刘禹锡诗文俱佳，与柳宗元并称"刘柳"，与韦应物、白居易合称"三杰"，并与白居易合称"刘白"。著有《刘梦得文集》，存世有《刘宾客集》。刘禹锡在长庆二年（822）正月到夔州任刺史，于长庆四年（824）夏转任和州刺史，在四川生活的两年多的时间里，写出了《竹枝词九首并序》《蜀先主庙》等名篇。

【题解】

此处选取《竹枝词九首并序》与《竹枝词二首》其一，合为《竹枝词十首》。刘禹锡听闻夔州当地的《竹枝》曲调，于是依声作词，制成新的《竹枝词》，描写当地山水风俗与男女爱情。

【注释】

①春草：春天的草。潘岳《内顾》诗之一："春草郁青青，桑柘何奕奕。"谢灵运《登池上楼》："池塘生春草，园柳变鸣禽。"白盐山：山名，在重庆市奉节县东。

②南人：南方人。北人：泛称北方之人。颜之推《颜氏家训·风操》："南人宾至不迎，相见捧手而不揖，送客下席而已；北人迎送并至门，相见则揖，皆古之道也。"乡情：思乡的心情。

③上头：山顶上。拍山流：奔流的波浪拍打两岸的山石。

④侬：我。此二句是说易衰的红花就像你的情意一般短暂，无限的水流就像我的忧愁一般绵长。

⑤縠文：縠纹。此喻水纹。

⑥此二句是说大桥东西两边杨柳甚好，桥上人来人往歌唱而行。

⑦日出三竿：约为午前八九点。

⑧此二句是说托人给自家丈夫捎信，家住在成都万里桥。

⑨此二句是说两岸的山花开得如雪一般繁密美丽，家家户户的银杯里都盛满了春酒。

⑩永安宫：故址位于奉节县。

⑪滟滪堆：奉节县东瞿塘峡口横亘于江中的一座大礁石。

⑫此二句是说懊恼人心不如磐石坚硬，总是变幻莫测。

⑬瞿唐：瞿塘峡，三峡之一。嘈嘈：嘈杂的水声。十二滩：瞿塘峡西起重庆市奉节县白帝城，东至巫山县大溪镇，其中多险滩。

⑭等闲：无端。

⑮巫峡：长江三峡之一，西起巫山县城东大宁河口，东至巴东县官渡口。

⑯个里：此中。由来：从来。

⑰云间：丛山高处。

⑱银钏金钗：指青年妇女。负：背负。山道险阻，故取水背负上山。长刀短笠：指壮年男子。畬：火耕。

⑲唱：一作"踏"。踏歌是一种民间歌谣，边走边唱，以脚步为节拍。

⑳晴：与"情"谐音，双关。

蜀先主庙

［唐］刘禹锡

天下英雄气，千秋尚凛然。①

势分三足鼎，业复五铢钱。②

得相能开国，生儿不象贤。③

凄凉蜀故妓，来舞魏宫前。④

【题解】

蜀先主为刘备，先主庙在夔州（今重庆市奉节东），此诗作于长庆三年（823）与长庆四年（824）之间，刘禹锡时任夔州刺史。诗中通过鲜明的盛衰对比，抒发了诗人深沉浓烈的兴亡之感。

【注释】

①英雄：据陈寿《三国志·蜀书·先主传》，曹操与刘备青梅煮酒论英雄，曹操说："今天下英雄，惟使君与操耳!"凛然：令人敬畏。

②三足鼎：指魏蜀吴三足鼎立的局面。业复：兴复汉室，一统天下。五铢钱：汉武帝元狩五年（公元前118）时发行的货币，钱面印有"五铢"二字。王莽篡汉时废止了这种钱币。东汉初年，光武帝刘秀重新恢复使用。此诗题下诗人自注："汉末谣曰：'黄牛白腹，五铢当复'。"此处以"五铢钱"借指汉室。

③相：丞相，即诸葛亮。儿：指刘备之子刘禅。象贤：效法前贤，此指继承父业。《仪礼·士官礼》："继世以立诸侯，象贤也。"

④刘禅降魏后，在司马昭所办宴会上看蜀国的歌妓在魏国的宫殿里起舞的场景，仍然"喜笑自若"，乐不思蜀。《三国志·蜀书·后主传》裴注引《汉晋春秋》："司马文王（昭）与禅宴，为之作故蜀伎。旁人皆为之感怆，而禅喜笑自若。"

蜀路石妇

[唐] 白居易

道傍一石妇，无记复无铭。①

传是此乡女，为妇孝且贞。②

十五嫁邑人，十六夫征行。③

夫行二十载，妇独守孤茕。④

其夫有父母，老病不安宁。⑤

其妇执妇道，一一如礼经。⑥

晨昏问起居，恭顺发心诚。⑦

药饵自调节，膳羞必甘馨。⑧

夫行竟不归，妇德转光明。⑨

后人高其节，刻石像妇形。⑩

俨然整衣巾，若立在闺庭。⑪

似见舅姑礼，如闻环佩声。⑫

至今为妇者，见此孝心生。⑬

不比山头石，空有望夫名。⑭

【作者简介】

白居易，字乐天，号香山居士，又号醉吟先生。祖籍太谷（今山西省太原市），曾祖父迁居下邽，生于河南新郑。白居易是唐代伟大的现实主义诗人，与元稹共同倡导新乐府运动，世称"元白"，与刘禹锡并称"刘白"。白居易的诗歌题材广泛，形式多样，语言平易通俗，有"诗魔"和"诗王"之称。官至翰林学士、左赞善大夫。著有《白氏长庆集》传世，代表诗作有《长恨歌》《卖炭翁》《琵琶行》等。

【题解】

关于望夫石的典故，据《元和郡县志》卷三十四："石新妇神在县东北四十九里，大剑东北三十里。夫远征，妇极望忘归，因化为石。"诗人通过歌颂和赞美一位其丈夫远征不归的妇人，肯定其施行孝道的高尚品德与言行，并与望夫石的典故进行了比较。

【注释】

①石妇：妇人石像，望夫石。传说古有贞妇望夫不归，化而为石。记：记载，记录。铭：铸刻在器物上记述生平的文字。

②此二句是说据传妇人是当地人，是一位孝顺又贞洁的妇人。

③邑人：同邑的人；同乡的人。征行：从军出征。《三国志·魏书·曹真传》："真每征行，与将士同劳苦。"

④茕：孤独。丁廙妻《寡妇赋》："静闭门以却扫，魂孤茕以穷居。"

⑤老病：年老多病。安宁：康宁，安康。

⑥妇道：为妇之道。旧多指贞节、孝敬、卑顺、勤谨而言。礼经：古代讲礼节的经典，常指《仪礼》。

⑦晨昏：早晚，旦暮，此处指朝夕慰问奉侍。起居：指饮食寝

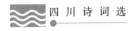

兴等一切日常生活状况。恭顺：恭谨顺从。《礼记·乐记》："庄敬恭顺，礼之制也。"

⑧药饵：药物。葛洪《抱朴子·微旨》："知草木之方者，则曰惟药饵可以无穷矣。"膳羞：美味的食品。《周礼·天官·膳夫》："膳夫掌王之食饮膳羞。"郑玄注："膳，牲肉也；羞，有滋味者。"甘馨：甘美芳香，此处指食物美好。

⑨妇德：谓妇女贞顺的德行，为妇女四德之一。

⑩此二句是说后人认为妇人的品行高尚，因而雕刻其石像以赞颂。

⑪俨然：严肃庄重的样子。闺庭：家庭。蔡邕《郡掾吏张玄祠堂碑铭》："掾天姿恭恪，宣慈惠和，允恭博敏，恻隐仁恕，正身履道，以协闺庭。"

⑫舅姑：称夫之父母。俗称公婆。《国语·鲁语下》："古之嫁者，不及舅姑，谓之不幸。"朱庆余《近试上张籍水部》："洞房昨夜停红烛，待晓堂前拜舅姑。"环佩：古人所系的佩玉。后多指女子所佩的玉饰。

⑬至今：直到现在。孝心：对双亲长辈孝敬的心意。《礼记·檀弓下》："丧之朝也，顺死者之孝心也。"

⑭空有：徒有，只有。

司马相如琴歌

[唐] 张祜

凤兮凤兮非无凰，山重水阔不可量。①
梧桐结阴在朝阳，濯羽弱水鸣高翔。②

【作者简介】

张祜，字承吉，唐代清河（今邢台市清河县）人。家世显赫，被人称作张公子，有"海内名士"之誉。早年曾寓居姑苏。长庆中，令狐楚表荐之，不报。辟诸侯府，为元稹排挤，遂至淮南寓居，爱丹阳曲阿地，隐居以终。据宋蜀刻本十卷《张承吉文集》统计，张祜著诗469首，对照《全唐诗》所存349首，综合今人之补辑甄辨，实得493首。其中五律197首，七绝96首，七律90首，五古57首，五绝42首，五言三韵5首，杂言乐府4首，七古2首。另有断句8联。

【题解】

此诗描述了司马相如与卓文君的爱情故事。

【注释】

①凰：《尔雅·释鸟》："凰，其雌皇也。"

②梧桐：《诗经·大雅·卷阿》："凤皇鸣兮，于彼高岗；梧桐生矣，于彼朝阳。"弱水：《山海经·海内西经》："弱水、青水出西南隅……开明西有凤皇、鸾鸟。"

锦城曲

［唐］温庭筠

蜀山攒黛留晴雪，簝笋蕨芽荥九折。①
江风吹巧剪霞绡，花上千枝杜鹃血。②

杜鹃飞入岩下丛，夜叫思归山月中。③

巴水漾情情不尽，文君织得春机红。④

怨魄未归芳草死，江头学种相思子。⑤

树成寄与望乡人，白帝荒城五千里。⑥

【作者简介】

温庭筠，本名岐，庭筠，字飞卿，唐代并州祁县（今山西省晋中市祁县）人，唐初宰相温彦博之后裔，出生于没落贵族家庭，富有天赋，文思敏捷，每入试，押官韵，八叉手而成八韵，有"温八叉"之称。温庭筠恃才不羁，又好讥刺权贵，故长被贬抑，终生不得志。精通音律、工诗，与李商隐齐名，时称"温李"。其诗辞藻华丽，浓艳精致，内容多写闺情，少数作品对时政有所反映。在词史上，与韦庄齐名，并称"温韦"。存词70余首，有《花间集》，被尊为"花间词派"鼻祖。

【题解】

此诗是大和五年（831）春，诗人在成都所作。锦城，即锦官城，成都的别称。《华阳国志·蜀志》："其道西城，故锦官也。锦江织锦，濯其中则鲜明，他江则不好。"全诗以蜀地的山水花鸟、人文故事与地名古迹等因素组合在一起构成了成都风貌。

【注释】

①蜀山：蜀地山岳的泛称。攒黛：青黛色的峰峦攒聚。晴雪：天晴后的积雪。篾笋：篾竹的笋。篾笋蕨芽：形容蜀山峰峦之尖峭

高耸。九折：坂名。在今四川省邛崃市，因山路回曲，故名。

②霞绡：像薄绸一样的霞光。杜鹃血：传说杜鹃鸟昼夜哀鸣，至吐血而止，常用以形容哀痛欲绝。

③杜鹃：鸟名，一名子规，因叫声像在说"归去了"又得名思归鸟。此二句是说杜鹃鸟在山中月夜啼鸣，叫声就像在说思归，勾起了游子的思乡之情。

④巴水：嘉陵江。文君：指卓文君。汉朝临邛(今四川省临邛县)富翁卓王孙之女，貌美有才学。

⑤怨魄：指蜀王杜宇的魂魄，指杜鹃鸟。相传杜鹃为古蜀帝杜宇怨魂所化，故称。相思子：红豆的别名，种相思树以寓思乡之情。

⑥望乡：望见故乡，亦借指思乡。白帝：古城名。故址在今重庆市奉节县东瞿塘峡口。

利州江潭作（感孕金轮所）

[唐] 李商隐

神剑飞来不易销，碧潭珍重驻兰桡。①
自携明月移灯疾，欲就行云散锦遥。②
河伯轩窗通贝阙，水宫帷箔卷冰绡。③
他时燕脯无人寄，雨满空城蕙叶雕。④

【作者简介】

　　李商隐，字义山，祖籍怀州河内（今河南省沁阳市），出生于郑州荥阳（今河南省荥阳市）。李商隐与杜牧合称为"小李杜"，与温庭筠合称为"温李"。因诗文与同时期的段成式、温庭筠风格相近，且三人都在家族里排行第十六，故并称为"三十六体"。唐文宗开成二年（837），李商隐登进士第，曾任秘书省校书郎、弘农尉等职。因卷入"牛李党争"的政治旋涡而备受排挤，一生困顿不得志。唐宣宗大中末年（约858年），李商隐在郑州病故，葬于故乡荥阳。也有说他葬于祖籍地怀州雍店（今沁阳山王庄镇）之东原的清化北山下。据《新唐书》，他著有《樊南甲集》20卷，《樊南乙集》20卷，《玉溪生诗》3卷，《赋》1卷，《文》1卷，部分作品已佚。

【题解】

　　此诗是诗人于大中五年（851）冬，由长安赴梓州途经利州时作。利州：唐时属山南西道，今四川省广元市。此诗题下有诗人自注"感孕金轮所"，"金轮"指武则天，武则天曾称"金轮圣神皇帝"，传说武则天母亲曾泊舟利州江潭，感龙交而受孕，生武则天。

【注释】

　　①神剑：古代有神剑化龙的传说（如晋张华、雷焕所佩剑入水化为龙事，见《晋书·张华传》），此处即以神剑喻水中的神龙。珍重：犹郑重。

　　②明月：明月珠。行云：用巫山神女朝为行云事，此喻武后母。锦：指龙身上的锦鳞。

　　③河伯：传说中的黄河神，曾化为白龙，游于水上。贝阙：紫贝装饰的宫阙。《楚辞·九歌·河伯》："鱼鳞兮龙堂，紫贝阙兮珠宫。"水宫：指龙宫。冰绡：洁白的鲛绡。传说海底有鲛人，能

织绡。

④燕脯：干燕肉。传说龙喜食烧燕肉。这两句写如今再也没有人去寺里给武后贡献祭品了，只见到潇潇寒雨、凋零木叶。

望喜驿别嘉陵江水二绝

〔唐〕李商隐

嘉陵江水此东流，望喜楼中忆阆州。^①
若到阆中还赴海，阆州应更有高楼。^②

千里嘉陵江水色，含烟带月碧于蓝。^③
今朝相送东流后，犹自驱车更向南。^④

【题解】

这两首山水诗作于大中五年（851），诗人应东川（治梓州，今四川省三台县）幕柳仲郢之邀被辟为掌书记，途经望喜驿，有所感触而写下这组诗。望喜驿：旧址在今四川省广元市南。李商隐由秦入蜀，自大散关以南，一直沿嘉陵江水行进，至望喜驿，续往西南行，而嘉陵江水则往东南流，故曰"别"。嘉陵江：长江上游支流。在四川省东部，发源于秦岭，在今重庆市注入长江。

【注释】

①忆：思。阆州：治所在今四川省阆中市。

②应更有高楼：指自己当更登高楼望之。

③蓝：靛青，一种染料。

④犹自：尚自。

夜雨寄北

［唐］李商隐

君问归期未有期，巴山夜雨涨秋池。①

何当共剪西窗烛，却话巴山夜雨时。②

【题解】

　　此诗在《万首唐人绝句》中题作《夜雨寄内》，而现传的各版本中作《夜雨寄北》，因而关于此诗是寄给妻子还是长安友人，尚有争议。诗中寄予了诗人深深的怀念与孤寂之情，在眼前的场景与设想的场景之间来回转折，跌宕有致，"寄托深而措辞婉"。

【注释】

　　①君：你的尊称。归期：归来的日期。巴山：泛指巴蜀之地，这里指诗人住地。川东地区古代属巴国。

　　②何当：何时能够。却：还，再。剪西窗烛：剪烛，剪去燃焦

的烛芯，使灯光明亮，这里形容深夜秉烛长谈。

武侯庙古柏

［唐］李商隐

蜀相阶前柏，龙蛇捧闷宫。①

阴成外江畔，老向惠陵东。②

大树思冯异，甘棠忆召公。③

叶凋湘燕雨，枝拆海鹏风。④

玉垒经纶远，金刀历数终。⑤

谁将出师表，一为问昭融。⑥

【题解】

据《成都记》，武侯庙前有两棵古柏树，相传是诸葛亮亲手种下的。诗人借对诸葛亮的怀咏，抒发了自己感时伤世的情感。

【注释】

①蜀相：诸葛亮，谥号忠武侯。龙蛇：指古柏盘根错节，状如龙蛇。段文昌《古柏文》："武侯祠前，柏寿千龄，盘根拥门，势如龙形。"此句是说武侯祠阶前的古柏根系繁茂粗壮，如龙蛇一般拥簇着庙宇。

②外江：四川境内，沱湔称为外江。惠陵：昭烈帝刘备的陵墓。

③大树：大树将军，指东汉冯异。冯异：《东观汉记·冯异传》："异为人谦退，每止顿，诸将共论功伐，异常屏止树下，军中号'大树将军'。"甘棠：《诗·召南·甘棠序》："《甘棠》，美召伯也。召伯之教，明于南国。"后以"甘棠"称颂循吏的美政。

④湘燕雨：据《湘州记》，零陵山上有石燕，一遇风雨便飞翔，雨停了就复返为石。拆：同"坼"，裂开。此句是以夸张的手法来赞颂古柏壮伟之至，枝叶繁茂可以遮挡风雨。

⑤玉垒：指玉垒山，在今四川省理县东南，多用作成都的代称。经纶：整理丝缕、理出丝绪和编丝成绳，统称经纶。引申为筹划治理国家大事。金刀："刘"字为卯、金、刀（劉）合成，故用以代指刘姓。《汉书·王莽传中》："夫'刘'之为字，卯、金、刀也。"历数：古代帝王代天理民的顺序。

⑥出师表：散文篇名。三国蜀诸葛亮作。有前、后二表，均为诸葛亮于出师伐魏前上呈蜀后主刘禅的奏表。前表陈说作者伐魏的意图，并向刘禅荐举贤臣，规劝他"亲贤臣，远小人"。一般认为后表是后人伪托之作，但"鞠躬尽瘁，死而后已"的名句即出于此。昭融：天也。谓光大发扬。语出《诗·大雅·既醉》："昭明有融，高朗令终"。此处借指帝王的鉴察。

筹笔驿

[唐] 李商隐

猿鸟犹疑畏简书，风云常为护储胥。①
徒令上将挥神笔，终见降王走传车。②

管乐有才原不忝，关张无命欲何如？③

他年锦里经祠庙，梁父吟成恨有余。④

【题解】

筹笔驿：旧址在今四川省广元市北部。《方舆胜览》："筹笔驿在绵州绵谷县北九十九里，蜀诸葛武侯出师，尝驻军筹划于此。"此诗作于唐宣宗大中九年（855），诗人结束梓州幕任职后随柳仲郢回长安，途经筹笔驿，怀古伤今，写下了这首诗以凭吊诸葛亮。此诗表达了诗人对诸葛亮的崇敬之情，并为他未能实现统一中国的志愿而深感遗憾，同时隐含贬斥懦弱昏庸投降魏国的后主刘禅之意。此诗同多数凭吊诸葛亮的作品一样，颂其威名，钦其才智；同时借以寄托遗恨，抒发感慨。艺术手法上以抑扬交替之法发议论，宾主拱让之法写衬托，虚实结合之法用旧事，独具匠心，别具一格。

【注释】

①猿：一作"鱼"。疑：惊。简书：指军令，古人将文字写在竹简上。诸葛亮治军以严明称，这里是指至今连鱼鸟还在畏惧蜀汉军队的威风。储胥：指军用的篱栅。

②上将：主帅，指诸葛亮。终：一作"真"。降王：指后主刘禅。走传车：魏元帝景元四年（263），邓艾伐蜀，后主出降，全家东迁洛阳，出降时也经过筹笔驿。传车：古代驿站的专用车辆。

③管：管仲，春秋时齐相，曾佐齐桓公成就霸业。乐：乐毅，战国时人，燕国名将，曾大败强齐。原不忝（tiǎn）：真不愧。诸葛亮隐居南阳时，每自比管仲、乐毅。关张：关羽和张飞，均为蜀国

大将。欲：一作"复"。

④他年：往年。梁父吟：古乐府中一首葬歌。诸葛亮躬耕陇亩，好为《梁父吟》。

蜀中三首

[唐] 郑谷

其一

马头春向鹿头关，远树平芜一望闲。①

雪下文君沽酒市，云藏李白读书山。②

江楼客恨黄梅后，村落人歌紫芋间。③

堤月桥灯好时景，汉庭无事不征蛮。④

其二

夜无多雨晓生尘，草色岚光日日新。⑤

蒙顶茶畦千点露，浣花笺纸一溪春。⑥

扬雄宅在唯乔木，杜甫台荒绝旧邻。⑦

却共海棠花有约，数年留滞不归人。⑧

其三

渚远江清碧簟纹，小桃花绕薛涛坟。⑨

朱桥直指金门路，粉堞高连玉垒云。⑩

窗下斫琴翘凤足，波中濯锦散鸥群。⑪

子规夜夜啼巴树，不并吴乡楚国闻。⑫

【作者简介】

郑谷，字守愚，江西宜春人。唐僖宗广明元年（880），黄巢入长安，谷奔西蜀。僖宗时进士，官都官郎中，人称郑都官。又以《鹧鸪诗》得名，人称郑鹧鸪。其诗多写景咏物之作，表现士大夫的闲情逸致，风格清新通俗。曾与许棠、张乔等唱和往还，号"芳林十哲"。天复三年（903）左右，归隐宜春仰山书屋，卒于北岩别墅。原有集，已散佚，存《云台编》。郑谷一生著述颇丰，然现在仅存300余首，其中，蜀中诗逾40首。

【题解】

这三首诗大概作于中和二三年（882—883）的春天。此时诗人已入巴蜀三年左右，蜀中较为平静，诗人的心绪也相对稳定。诗人选取化用了大量成都名胜古迹与人文逸事，来描写成都的春景。

【注释】

①鹿头关：古关名。平芜：草木丛生的平旷原野。蜀道险阻，而鹿头关以西地形平坦。

②文君：指卓文君，汉朝临邛富翁卓王孙之女，貌美有才学。后也以文君指代美女。李白读书山：今四川江油的匡山是李白读书之处。杜甫《不见》："匡山读书处，头白好归来。"

③紫芋：俗称芋艿、芋头。

④汉庭：指汉朝。张衡《思玄赋》："王肆侈于汉庭兮，卒衔恤而绝绪。"无事：没有变故，多指没有战事、灾异等。

⑤生尘：沾上尘埃。曹植《洛神赋》："凌波微步，罗袜生尘。"岚光：山间雾气经日光照射而发出的光彩。

⑥蒙顶：蒙山，在四川省雅安市名山区，峰顶产名茶。浣花笺：亦称"浣溪笺"，笺纸名，薛涛命匠人取浣花溪水造纸，名"薛涛笺"。

⑦扬雄宅：扬雄，字子云，西汉辞赋家。子云宅在少城西南角，一名"草玄堂"。《蜀中广记》卷三："北门之胜，武檐山、子云宅、金马祠。"杜甫台：杜甫在上元二年于成都浣花溪畔筑宅。

⑧不归人：不返家。

⑨簟纹：亦作"簟文"，席纹，此喻水纹。南朝梁简文帝《咏内人昼眠》："簟文生玉腕，香汗浸红纱。"薛涛坟：据《民国华阳县志》记载，薛涛墓在华阳东五里薛家巷。

⑩暗用司马相如题柱的典故。《华阳国志》："城北十里升仙桥，有送客观，司马相如初入长安，题市门曰：'不乘赤车驷马，不过汝下也。'"金门：金马门之略称，官署之门，门前有铜马，又代指富贵人家。《魏书·常景传》："夫如是，故绮阁金门，可安其宅；锦衣玉食，可颐其形。"粉堞：用白垩涂刷的女墙。骆宾王《晚泊江镇》："夜乌喧粉堞，宿雁下芦洲。"玉垒：指玉垒山，在四川省理县东南，多作成都的代称。左思《蜀都赋》："廓灵关以为门，包玉垒而为宇。"

⑪斫琴：亦作"斵琴"。斫木制琴。李肇《唐国史补》卷下："蜀中雷氏斵琴，常自品第，第一者以玉徽，次者以瑟瑟徽，又次者以金徽，又次者螺蚌之徽。"凤足：琴上攀弦之物。元稹《小胡笳引》："朱弦宛转盘凤足，骤击数声风雨。"濯锦：成都一带所产的织锦，以华美著称，亦指漂洗这种织锦。

⑫子规：杜鹃鸟的别名，传说为蜀帝杜宇的魂魄所化。春末夏初，常昼夜啼鸣，声音凄切，故借以抒悲苦哀怨之情。

西蜀净众寺松溪八韵兼寄小笔崔处士

[唐] 郑谷

松因溪得名，溪吹答松声。①

缭绕能穿寺，幽奇不在城。②

寒烟斋后散，春雨夜中平。③

染岸苍苔古，翘沙白鸟明。④

澄分僧影瘦，光彻客心清。⑤

带梵侵云响，和钟击石鸣。⑥

淡烹新茗爽，暖泛落花轻。⑦

此景吟难尽，凭君画入京。⑧

【题解】

　　此诗作于诗人寓居西蜀（880—885）期间。净众寺在成都市西筇桥门外，是开元十六年（728）新罗僧侣无相来到成都时所募集修筑的名胜古迹。

【注释】

　　①松声：松与风相鼓吹的声音。

②幽奇：幽雅奇妙。

③斋：佛家讲究过午不食，认为可以清净身心，午饭被称为斋饭，斋时即指午时。此二句为倒装句，意思是午后寒烟慢慢散去，夜里春雨渐渐平息。

④苍苔：青色苔藓。潘岳《河阳庭前安石榴赋》："壁衣苍苔，瓦被驳藓，处悴而荣，在幽弥显。"翘：跷脚。白鸟：长着白色羽毛的鸟，大概与鹭鸶、鹤等相近。

⑤此二句是说松溪的水清澈透亮，能区分僧侣瘦长的身影，使游人心地清明。

⑥此二句是说松溪之声与钟梵之音激石荡崖，响遏行云。

⑦新茗：新茶。

⑧吟难尽：难以用诗歌咏尽。

咏海棠

[唐] 郑谷

春风用意匀颜色，销得携觞与赋诗。①
秾丽最宜新著雨，娇娆全在欲开时。②
莫愁粉黛临窗懒，梁广丹青点笔迟。③
朝醉暮吟看不足，羡他蝴蝶宿深枝。④

【题解】

此诗是诗人中和年间在蜀地所作，描绘了春景中的海棠花之美，颔联"秾丽最宜新著雨，娇娆全在欲开时"尤其为后人所称颂，诗人敏锐地捕捉并表现出了海棠花含苞欲放和沾染细雨时的丰饶姿态。

【注释】

①匀颜色：形容海棠的花色就如化妆一般经过晕染装饰。

②秾丽：艳丽。

③莫愁：古乐府中传说的女子。一说为洛阳人，为卢家少妇。梁武帝《河中之水歌》："河中之水向东流，洛阳女儿名莫愁……十五嫁为卢家妇，十六生儿字阿侯。"另一说为石城人（在今湖北省钟祥市）。《旧唐书·音乐志二》："石城有女子名莫愁，善歌谣，《石城乐》和中复有'莫愁'声，故歌云：'莫愁在何处？莫愁石城西，艇子打两桨，催送莫愁来。'"粉黛：敷面的白粉和画眉的黛墨，均为化妆用品。引申为妆饰。梁广：唐代画家，擅长画花鸟。此谓海棠之美连丹青高手都难以描绘。

④此二句是说诗人从早到晚对着海棠饮酒作诗，都不能尽兴，甚至羡慕宿于海棠的蝴蝶。

寄希昼

［宋］惟凤

闲中吟鬓改，多事与心违。①

客路逢人少，家书入阙稀。②

秋声落晚木，夜魄透寒衣。③

几想林间社，他年许共归。④

【作者简介】

惟凤，宋初诗僧，"九僧"之一。家本岷峨，弱冠（二十岁）即游京师，与名公卿交游（智圆《送惟凤师归四明》），官方赐惟凤师号"持正大师"。据守一《澄江净土道场记》，惟凤（凤师）传承天台智者大师教和净土法门。《秘书省续编到四库阙书目》著录其《雅十翠图》二卷。他和九僧中其他诗人一样，师法孟郊、贾岛、周贺等中晚唐诗人，好苦吟，注重炼句，尤其着力雕琢五律中的颔联、颈联，诗风"清苦工密"（方回《瀛奎律髓》卷四七《释梵类》）。

【题解】

这首五言律诗作于惟凤客居汴京时。希昼，剑南人，"九僧"之一，其诗得到杨亿等士大夫的推崇。真宗时杨亿等人编纂《大中祥符法宝录》，希昼等入译经院译经，后赐师号慧日大师。惟凤与陈充（《九僧诗集》的编纂者）、希昼等人相互唱和，是同一个诗人圈子里的朋友。这首五言律诗首联写客居的各种现状和感想，颔联怀乡，颈联写秋天景象，尾联作结抒发心志。方回称"惟凤，九僧之六，所选每首诗必有一联工，人多在景联，晚唐之定例也"（方回《瀛奎律髓》卷四七《释梵类》），这首诗的颈联"秋声落晚木，夜魄透寒衣"就是这样善于描写秋景、锤炼字句的句子。这首诗的另一个值得注意的现象是，惟凤写到了"家书"，这可以消除某些关于僧侣的刻板印象，即认为他们既已出家，那就不会与俗家有任何往来。事实是像惟凤这样的情况并不鲜见（最有名的恐怕是曹洞宗祖师良价与其母亲之间的书信），尤其是面对世俗的指责，不少僧侣都强调了僧侣对俗家的责任。

【注释】

①闲中：一作"关中"，与颔联中"入阙"相抵牾，当因形近而讹。吟鬓改：因苦吟而鬓发变（白）。李商隐《无题》："晓镜但愁云鬓改，夜吟应觉月光寒。"与心违：不合（自己）内心的愿望。

②客路：旅途。诗人本蜀人，此时客居在外，故云。家书：家信。入阙：入宫阙。智圆《送惟凤师归四明》："毓灵本岷峨，弱冠游神京。出处忌非类，交结皆名卿。"则惟凤早年就游汴京。观此诗，其或出入宫廷。

③秋声落晚木：这句意思是秋天的夜晚有声响从树木上发出，仿佛落下什么东西。夜魄：月光。寒衣：御寒的衣服。此句写月光带来的感受：月光给人寒冷之感，仿佛能透过御寒的衣服。

④林间社：在林间结社。中古以来，僧人有结社林下的风气，其中尤以庐山慧远大师所结莲社影响最大。惟凤既传净土法门，其凤愿或即此。释道诚《释氏要览》卷上《莲社》："昔晋慧远法师，雁门人。住庐山虎溪东林寺。招贤士刘遗民、宗炳、雷次宗、张野、张诠、周续之等为会，修西方净业。彼院多植白莲，又弥陀佛国以莲华分九品次第接人，故称莲社。有云：嘉此社人不为名利淤泥所污，喻如莲华，故名之。"他年：指将来，以后。

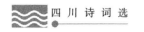

普贤寺

[宋] 宋白

菩萨悲深居此地，峨眉名重镇南州。^①

不知立处高多少，只见星辰在下头。^②

【作者简介】

宋白，字太素，一说"字素臣"。年十三，善属文。宋白豪俊尚气节，重交友，名闻词场。宋太祖建隆二年（961）擢进士。乾德初试拔萃高等，授著作佐郎。蜀平，授嘉州玉津县令。太宗擢为左拾遗，权知兖州，岁余召还，预修《太祖实录》，直史馆，判吏部南曹。曾前后三掌贡举。雍熙年间与李昉等纂《文苑英华》一千卷。大中祥符五年（1012）卒。

【题解】

这首七绝作于乾德年间宋白任嘉州玉津县令时。据《峨眉山志》卷三，普贤寺建于晋代，唐慧通禅师精修，改名白水寺，宋时名白水普贤寺，明万历年间改名圣寿万年寺。此诗前两句通过普贤菩萨和声名侧面描写峨眉山，三四句写诗人身临其境时的观感。

【注释】

①菩萨：指普贤菩萨。悲深：指普贤菩萨起大悲而救护众生。
名重：名声大。南州：此泛指南方地区。

②立处：所立之处。

二月二日游宝历寺马上作

〔宋〕张咏

春游千万家，美女颜如花。

三三两两映花立，飘飖尽似乘烟霞。①

我身岂比浮游辈，蜀地重来治凋瘵。②

见人非理即伤嗟，见人欢乐生慈爱。③

花间歌管媚春阳，花外行人欲断肠。④

更觉花心妒兰麝，风来绕郭闻轻香。⑤

昔贤孜孜戒骄荡，猖狂不是风流样。⑥

但使家肥存礼让，岁岁春光好游赏。⑦

【作者简介】

张咏，字复之，自号乖崖，谥忠定，濮州鄄城（今山东省鄄城县）人。太平兴国五年（980）擢进士第。在三十多年的仕宦生涯中，张咏多在地方任职，其中先后两次知益州（996、1003）所立功

103

绩给他带来了很高的声望。张咏去世后，其弟张诜编其文集十卷以行，郭森卿等又增广为十二卷，今有张其凡整理本《张乖崖集》。其生平行事具见宋祁《张尚书行状》、钱易《宋故枢密直学士礼部尚书赠左仆射张公墓志铭》、韩琦《故枢密直学士礼部尚书赠左仆射张公神道碑铭》等，《宋史》卷二九三有传。

【题解】

这首诗作于张咏第二次出任益州知州期间（1003—1006）。二月二日，蜀中以此日为踏青节。宝历寺，唐剑南西川节度使韦皋所创，在成都东南。这首诗不仅写蜀地春游景象，而且多发议论、说理，体现了张咏试图用礼教来规范蜀人行止的意图，自有其作为一方官长的政治考虑。蜀地素来有好游乐的风俗，张咏既入乡随俗与民同乐，又加以规范（见韩琦《故枢密直学士礼部尚书赠左仆射张公神道碑铭》）。但张咏性不好声色玩乐，即便遨游，态度也很严正——据载"张乖崖镇蜀，当遨游时，士女环左右，终三年未尝回顾"（沈括《梦溪笔谈》卷二五《杂志二》）。当人们看到他写出"春游千万家，美人颜如花。三三两两映花立，飘飘似欲乘烟霞"这样的诗句时，也觉得不似其为人，发出了"公铁心石肠，乃赋此丽词哉"的感叹（费著《岁华纪丽谱》），这样的感叹实际上涉及性情与诗歌风格的关系问题。另外需要指出的是，张咏在《悼蜀四十韵》中将奢靡、盘剥风气视为蜀地兵变的起因。张咏此次知益州前，蜀地多次发生兵变，最近的一次则是咸平三年（1000）王均起兵。刘敞《巷议》称当时的情况是"巴蜀再叛，百姓凋弊，盗贼满野"，张咏上任后首先考虑的便是稳定局势、恢复民生，这首诗提到的"蜀地重来治凋瘵"也透露了其中消息。

【注释】

①飘飘：形容举止轻盈。乘：登，升。

②浮游辈：游乐之人。重来：张咏前后两度知益州，此诗作于其第二次知益州时，故云"重来"。凋瘵：困穷。

③非理：不合道理。伤嗟：悲叹。

④歌管：唱歌奏乐。媚春阳：在春光中显得美好。

⑤花心：花蕊。兰麝：兰与麝香。

⑥孜孜：恳切，一再。猖狂：放肆。风流：风雅潇洒。

⑦家肥：家庭和睦。《礼记·礼运》："父子笃，兄弟睦，夫妇和，家之肥也。"

览蜀宫故城作

［宋］宋祁

国破江山老，人亡岸谷摧。①

鸳飞今日瓦，鹿聚向时台。②

故苑犹霏雪，荒池但劫灰。③

颓遗糊处壤，阖记数残枚。④

恨月窥林下，悲风觅陇来。

依城狐独逐，失厦燕斐回。⑤

废社才存柳，阴垣自上苔。⑥

有情惟杜宇，长为故王哀。⑦

【作者简介】

宋祁，字子京，雍丘（今河南省民权县）人。宋祁与其兄宋郊同举进士，兄弟俱以辞赋妙天下，号"大小宋"。著有《宋景文集》《益部方物略记》等。《宋史》卷二八四有传。

【题解】

嘉祐二年（1057），宋祁知益州（治所在今四川省成都市），嘉祐四年（1059）移知郑州，这首排律作于其知益州期间。诗题中所谓"蜀宫故城"，当指五代蜀国宫城。据魏泰《东轩笔录》卷一五等记载，宋祁好游宴，知益州时，带《新唐书》于本任刊修，非常讲究排场。宋祁的《成都》等诗也称赞成都的繁华。相比而言，这首诗却写出了宫城废墟的颓败景象，尤其是通过描写历史残迹之中自然变化和动物活动的痕迹，抒发出世事沧桑的感伤，最后托以望帝所化的杜宇，拓宽了这种感伤情绪的历史纵深度。

【注释】

①岸谷：高深的山谷。

②向时：从前。

③霏雪：纷飞的雪。劫灰：余灰，亦泛指残迹或灰烬。

④赪：红。

⑤独速：此指狐狸尾巴摆动的样子。裴回：徘徊。

⑥社：指祭祀土地神的地方。阴垣：背阴的墙。

⑦杜宇：传说中的古蜀国国王，又曰"杜主"，称望帝，后失国身死，其魂化为杜鹃鸟，其声哀苦。

题琴台

[宋] 田况

西汉文章世所知，相如闳丽冠当时。①

游人不赏凌云赋，只说琴台是故基。②

【作者简介】

田况，字元均，京兆人，后迁信都。其人宽厚明敏，有文武材，好言边事。少卓荦有大志，好读书，举进士甲科。皇祐年间知成都府，听断之明，蜀人以比张咏。至和元年（1054），擢枢密副使。嘉祐三年（1058）转枢密使，以疾罢为尚书右丞。晚以太子少傅致仕，卒，赠太子太保，谥宣简。事具王安石《太子太傅致仕田公墓志铭》，《东都事略》卷七○、《宋史》卷二九二有传。

【题解】

这首七绝作于田况知成都府期间。据《续资治通鉴长编》卷一六六、一六九和田况《张尚书写真赞》《益州增修龙祠记》等文，田况于皇祐一年、皇祐二年（1049、1050）在知成都府任上，皇祐二年（1050）十一月权御史中丞。诗的前两句写司马相如文章在汉代的地位，三四句写其在宋代的处境，对比鲜明。诗人赞赏司马相如

的文章，并通过说明游人更喜游赏而非阅读司马相如的辞赋，不经意地透露了后者的历史性命运。另外，尽管北宋时印刷术逐渐变得盛行，而成都也是当时的印刷中心之一，但诗题《题琴台》表明诗人采取了题诗这一方式，实际上这依然是当时诗歌传播的重要方式。

【注释】

　　①相如：司马相如，西汉辞赋家。闳丽：宏伟壮丽。

　　②凌云赋：指司马相如的《大人赋》。故基：此指琴台遗址。

谢人寄蒙顶新茶

〔宋〕文同

蜀土茶称盛，蒙山味独珍。①

灵根托高顶，胜地发先春。②

几树初惊暖，群篮竞摘新。③

苍条寻暗粒，紫萼落轻鳞。

的皪香琼碎，蓝罍绿蚕匀。④

慢烘防炽炭，重碾敌轻尘。⑤

无锡泉来蜀，乾崤盖自秦。

十分调雪粉，一啜咽云津。⑥

沃睡迷无鬼，清吟健有神。

冰霜疑入骨，羽翼要腾身。⑦

磊磊真贤宰，堂堂作主人。⑧

玉川喉吻涩，莫惜寄来频。⑨

【作者简介】

文同，字与可，自号笑笑先生，梓州永泰（今四川省盐亭县）人。初举进士，稍迁太常博士、集贤校理，知陵州，又知洋州，最后知湖州，未到任而卒于陈州。文同博学，擅长绘画、诗文、书法。尤以墨竹画成就较大，对苏轼等人的艺术实践和文艺思想有深刻影响，后被尊为"湖州竹派"的鼻祖。有《丹渊集》四十卷行于世。事具范百禄《宋尚书司封员外郎充秘阁校理新知湖州文公墓志》，《东都事略》卷一一五、《宋史》卷四四三有传。

【题解】

蒙顶，即蒙顶山。这首五言排律前四句描写了蒙顶茶的产地、环境，从第五句开始细致描写春日茶叶发芽后的采摘，茶叶的颜色、形状和烘茶、碾茶的情况。自"无锡泉来蜀，乾崤盏自秦"以下，写烹茶之水的来源和茶盏的产地，接下来八句写饮茶的神奇效果：不仅能有助睡眠、保持精神、能成仙，而且能有助于做好官。这种写法取于卢仝的《走笔谢孟谏议寄新茶》，最后两句也正是借卢仝谢人寄茶的典故来表示对友人所寄蒙顶新茶的喜爱，期盼对方多多寄赠。

【注释】

①蜀土：蜀地。称盛：号称兴盛。蒙山：蒙顶山，在今四川省雅安市名山区。

②灵根：此指蒙顶山茶的根苗。高顶：高山之巅。先春：早春。

③此二句是说惊讶茶树已回暖，便竞相挎着篮子摘取茶树的新芽。

④的砾香琼碎：此句意思是细碎的茶叶如琼玉般鲜明。鬖鬖：散乱下垂的样子。蚕：一种毒虫，长尾者叫作蝎。此句指绿色茶叶

如蚕虫纷纷下垂。

⑤轻尘：尘土。

⑥十分：十足，充分。雪粉：这里指碾碎后的白色茶末。云津：唾液。

⑦腾身：跃身。

⑧磊磊：胸襟坦白。贤宰：贤明的地方官。

⑨玉川：唐代诗人卢仝喜饮茶，自号"玉川子"。喉吻涩：卢仝《走笔谢孟谏议寄新茶》："一碗喉吻润。"此处反用其典。

初发嘉州

［宋］苏轼

朝发鼓阗阗，西风猎画旆。①

故乡飘已远，往意浩无边。

锦水细不见，蛮江清可怜。②

奔腾过佛脚，旷荡造平川。③

野市有禅客，钓台寻暮烟。④

相期定先到，久立水溅溅。⑤

【作者简介】

苏轼，字子瞻，初字和仲，号东坡居士，宋代伟大的文学家。

眉州眉山（四川省眉山市）人，祖籍河北栾城。嘉祐二年（1057）中进士，嘉祐六年（1061）中制科。为凤翔府签书判官，召试得直史馆，摄开封府推官。后出为杭州通判，徙知密州、徐州、湖州。元丰二年（1079），苏轼因被指控攻击新法而获罪，出狱后被贬黄州团练副使。宋哲宗即位后，任中书舍人、翰林学士等职，又出知杭州、颍州、扬州、定州等地，晚年被贬惠州、儋州。宋徽宗时获赦北还，病逝于常州。

苏轼的诗作鲜明地体现出宋诗的特征，即"以文字为诗，以才学为诗，以议论为诗"（严羽《沧浪诗话》）。苏轼写有政治诗，但写得最出色的是说理诗、写景诗、抒情诗。他的诗常得益于佛教（尤其是般若空观）和机锋迅捷的禅宗思维，往往横说竖说无不通透。他善于从日常生活中发现特殊的意趣，生发奇妙的想象，显得新鲜灵妙，达到了很高的境界。他还将散文笔法、丰富学识、绝妙比喻等融入诗中，同时又保持诗歌固有的形象性、抒情性。他的词开拓了词的内容、意境、风格与形式，将通常只在诗中出现的内容写入词中，不仅抒情，而且议论、说理，风格多样，自成一家。他的散文亦以意为主，写得自然畅达，曲折如意。

苏轼才学宏富，著述甚多，苏辙《亡兄子瞻端明墓志铭》称其著有《东坡集》40卷、《后集》20卷、《奏议》15卷、《内制》10卷、《外制》3卷、《和陶诗》4卷。晁公武《郡斋读书志》、陈振孙《直斋书录解题》所载并同，而别增《应诏集》10卷，合为一编，即世所称《东坡七集》，是一个较为完善的本子。其诗历来注解甚多，其中冯应榴的《苏文忠公诗合注》和王文诰的《苏文忠公诗编注集成》做了总结性的工作。

【题解】

这首五言排律作于嘉祐四年（1059）冬。当时苏轼与苏辙丁忧

期满，与父亲苏洵经水路赴汴京，途中作此诗。嘉州，治所在今四川乐山。此诗前六句描写诗人舟行中随空间推进而生出的怀乡之情和踌躇满志的豪情。从第七句开始意绪指向前方，出现了"奔腾过佛脚"这样具体的描写。苏轼对凌云大佛印象深刻，此后他在《送吕昌朝知嘉州》中还再度写出了"卧看古佛凌云阁"的诗句。最后四句转而写自己与宗一相约钓鱼台、设想对方伫立于潺潺水声中等待自己，类似的写法也被运用到后来的诗歌中（如《出颍口初见淮山，是日至寿州》"故人久立烟苍茫"）。全诗写得流动空远，初步具备了其为人们熟知的诗歌风格。

【注释】

①阗阗：形容声音大。苏轼《太白词》："雷阗阗，山昼晦。"猎：掠过。画旂：画旗。

②锦水：锦江。蛮江：此指青衣江。因其来自塞外，故称。查慎行注："《太平寰宇记》：青衣水，濯衣即青，故名。至龙游县，与汶水合，以其来自徼外，故曰蛮江。"可怜：可爱。

③旷荡：浩荡。

④野市：乡野市集。禅客：禅僧。钓台：钓鱼台。暮烟：暮霭。此二句是说与同乡禅僧宗一相约在钓鱼台下饯别。

⑤相期：相约。

犍为王氏书楼

[宋] 苏轼

树林幽翠满山谷，楼观突兀起江滨。①

云是昔人藏书处，磊落万卷今生尘。②

江边日出红雾散，绮窗画阁青氛氲。③

山猿悲啸谷泉响，野鸟嘤夏岩花春。④

借问主人今何在，被甲远戍长苦辛。⑤

先登搏战事斩级，区区何者为三坟？⑥

书生古亦有战阵，葛巾羽扇挥三军。⑦

古人不见悲世俗，回首苍山空白云。

【题解】

这首七言古诗作于嘉祐四年（1059）冬。犍为，宋时指犍为县，属嘉州，县治在今犍为县清溪镇。王氏，此指王齐万，字文甫，犍为人，家豪富，即书楼之主人。

【注释】

①幽翠：深翠。楼观：高大的楼殿。突兀：高耸。起：建起。

113

②磊落：此指书多。生尘：积上尘土。

③绮窗：雕画精美的窗子。画阁：画楼，华美的楼阁。青氛氲：指青色浓郁。

④嘤戛：鸟叫声。

⑤被甲：穿上铠甲。远戍：守卫于边远之地。

⑥先登：率先而登。搏战：拼搏战斗。斩级：斩首级。三坟：三皇之书。《左传·昭公十二年》："是能读三坟、五典、八索、九丘。"

⑦葛巾：葛布制成的头巾。羽扇：用羽毛所制的扇子。

夜泊牛口

[宋] 苏轼

日落江雾生，系舟宿牛口。

居民偶相聚，三四依古柳。

负薪出深谷，见客喜且售。

煮蔬为夜餐，安识肉与酒。

朔风吹茅屋，破壁见星斗。

儿女自咿嘎，亦足乐且久。①

人生本无事，苦为世味诱。②

富贵耀吾前，贫贱独难守。③

谁知深山子，甘与麋鹿友。④

置身落蛮荒，生意不自陋。⑤

今予独何者，汲汲强奔走。⑥

这首五言古诗作于苏轼父子舟行出川途中。牛口，不详其处。牛口地处蛮荒之地，居民生活贫穷而安居乐业，这引发了诗人的议论，感叹自己为功名富贵而奔波辛劳，竟不如深山里与麋鹿为友的隐者。如果说诗人在这里还只是感叹，那么在经历后来的政治挫折后，他在《赤壁赋》中的类似说法就有了更实在的意味：他自己就成了一个流放在偏远之地，与麋鹿为友的人。

【注释】

①儿女：子女。咿嘎：形容人语声。

②世味：世间滋味，此指功名利禄。

③耀：迷惑。

④谁知：岂知，哪知。

⑤生意：生机。

⑥汲汲：急迫的样子。强：竭力。

戎 州

［宋］苏轼

乱山围古郡，市易带群蛮。①

瘦岭春耕少，孤城夜漏闲。②

注时边有警，征马去无还。

自顷方从化，年来亦款关。③

颇能贪汉布，但未脱金镮。④

115

何足争强弱，吾民尽玉颜。⑤

【题解】

这首排律作于苏轼父子行舟经过戎州前后。戎州，治所在今四川省宜宾市。这首排律前四句描写了戎州的地理环境、生存环境，中间四句对比此地的古今变化，表明此地已归化宋朝。最值得注意的是最后四句：该地蛮族逐渐汉化，不过还保留着自己的风俗，而诗人以为蛮族既已归化，就不必与之争斗，因为"吾民"文雅和平，必定可以移风易俗。

【注释】

①市易：贸易，此指贸易之所，与上句"乱山"相对。带：连着，毗邻。按戎州乃夷夏杂居之地，读此诗可知到苏轼生活的年代依然如此。

②瘦岭：土地贫瘠的山岭。孤城：边城。漏：滴水计时的器具。闲：安静。

③自顷：近来。从化：向化，归化。年来：近年来。款关：犹款塞，前来通好。

④汉布：《汉书·食货志下》："是为布货十品。"颜师古注："布亦钱耳。谓之布者，言其分布流行也。"金镮：金环，此指耳饰品。

⑤玉颜：形容文雅秀丽。

入峡

[宋] 苏轼

自昔怀幽赏，今兹得纵探。①

长江连楚蜀，万派泻东南。②

合水来如电，黔波绿似蓝。③

余流细不数，远势竟相参。④

入峡初无路，连山忽似龛。⑤

萦纡收浩渺，蹙缩作渊潭。⑥

风过如呼吸，云生似吐含。

坠崖鸣窣窣，垂蔓绿毵毵。⑦

冷翠多崖竹，孤生有石楠。⑧

飞泉飘乱雪，怪石走惊骖。⑨

绝涧知深浅，樵童忽两三。⑩

人烟偶逢郭，沙岸可乘篮。⑪

野戍荒州县，邦君古子男。⑫

放衙鸣晚鼓，留客荐霜柑。⑬

闻道黄精草，丛生绿玉篸。⑭

尽应充食饮，不见有彭聃。⑮

117

气候冬犹暖，星河夜半涵。

遗民悲昶衍，旧俗接鱼蚕。⑯

板屋漫无瓦，岩居窄似庵。⑰

伐薪常冒险，得米不盈甔。⑱

叹息生何陋，劬劳不自惭。⑲

叶舟轻远沂，大浪固尝谙。⑳

矍铄空相视，呕哑莫与谈。㉑

蛮荒安可住，幽邃信难妉。㉒

独爱孤栖鹘，高超百尺岚。

横飞应自得，远飏似无贪。㉓

振翮游霄汉，无心顾雀鹌。㉔

尘劳世方病，局促我何堪。㉕

尽解林泉好，多为富贵酣。㉖

试看飞鸟乐，高遁此心甘。㉗

【题解】

这是一首五言长律，诗人作于嘉祐四年（1059）冬入三峡时。此诗先写诗人对三峡的向往，接着写三峡的总体位置、水流、深潭、植物、怪石等，自"樵童忽两三"转而描写当地的风土人情和政治军事情势，尤其关注当地贫民的辛劳生活。这并不是诗人的乐意之所，自"蛮荒安可住，幽邃信难妉"下，转而描写一只高飞远翔的鹘，在与尘世辛劳、仕宦拘束的比较中这只鸟仿佛高隐的象征而得到诗人的歆慕。在这里，诗人不是像《初发嘉州》那样踌躇满志，也不像《犍为王氏书楼》那样渴望建功立业，而是以道家视角（尽管"尽应充食饮，不见有彭聃"否认了学仙长生的可能性）来打量当时还被视为"蛮荒"的地区，影影绰绰地闪现着《庄子·逍遥游》中那只超脱尘俗的大鹏的身影，可以说"蛮荒"触发了他表达自己的人生价值观。

【注释】

①今兹：如今。得：能够。纵探：尽情探寻。

②派：这里指长江的支流。

③蓝：一种可制蓝色染料的草。《诗·小雅·采绿》："终朝采蓝。"郑玄笺："蓝，染草也。"

④余流：末流。远势：远来之物的气势。相参：彼此交错。

⑤连山：连绵不断的山峦。龛：供奉神佛神主的石室或阁。

⑥萦纡：盘旋。黡缩：收缩。渊潭：深邃的潭水。

⑦窣窣：形容细碎的声音。毿毿：纷披的样子。

⑧冷翠：清冷的翠色。石楠：一种植物，花有多色，叶可入药。

⑨骖：同驾一车的三匹马，这里泛指马。此二句意思是飞溅的泉水有如雪花乱飘，怪石仿佛受惊的马奔跑。

⑩绝涧：绝壁下的涧水。

⑪篮：篮舆，一种类似竹轿的交通工具。

⑫野戍：荒野中驻防的营垒。邦君：邦国君主。子男：子爵、男爵，古代爵位的第四、五等。荆楚和夔皆古代子男国。此二句意思是荒远的州县有营垒在旷野中驻守，（所经）邦国是古代的子男之国。

⑬放衙：退衙。

⑭黄精草：一种药草，色青，相传食之可以益寿延年。玉篸：玉簪，一种草本植物，叶丛生，色白，未开时如篸头。

⑮彭聃：彭祖与老聃，相传二人均长寿。

⑯遗民：亡国之民。昶衍：指后蜀后主孟昶、前蜀后主王衍，皆亡国之君。鱼蚕：古蜀国君主鱼凫、蚕丛。

⑰板屋：木板屋。漫：杂多。岩居：山居。

⑱甒：坛子一类的瓦器。

⑲劬劳：辛劳。

⑳叶舟：小舟。沂：同溯，逆流而上。

㉑呕哑：形容小孩的声音。

㉒幽邃：幽深。妡：乐。

㉓横飞：奋飞。自得：自感得意或舒适。远飏：飞远。

㉔振翮：振翅。霄汉：天空。鹳：一种小鸟。

㉕尘劳：尘世的烦恼。

㉖酖：沉迷。

㉗高遁：高隐。

江上看山

[宋] 苏轼

船上看山如走马，倏忽过去数百群。①
前山槎牙忽变态，后岭杂沓如惊奔。②
仰看微泾斜缭绕，上有行人高缥缈。③
舟中举手欲与言，孤帆南去如飞鸟。

这是一首七言古诗，作于苏轼父子舟行出川途中。前四句从所处船只的动态视角出发，用奔马来比喻山势；五六句写对山上行人的高邈感受；最后两句则用鸟飞比喻水流中的舟行之速。

【注释】

①走马：驱马，跑马。倏忽：顷刻间。

②槎牙：错落不平的样子。变态：情态发生变化。杂沓：杂多。惊奔：受惊奔跑。

③微径：小道。缭绕：盘旋。

题宝鸡县斯飞阁

［宋］苏轼

西南归路远萧条，倚槛魂飞不可招。①

野阔牛羊同雁鹜，天长草树接云霄。②

昏昏水气浮山麓，泛泛春风弄麦苗。③

谁使爱官轻去国，此身无计老渔樵。④

【题解】

这是一首七言律诗，作于嘉祐七年（1062），当时苏轼为凤翔通判。斯飞阁，在宝鸡县治西南（今陕西省宝鸡市陈仓区）。此诗首联

写自己登阁望远起思乡之意，颔联、颈联写即目所见历历如画，尾联承首联表达不可实现的归隐之志。

【注释】

①倚槛：倚栏。

②野阔：原野广阔。雁鹜：鹅和鸭。

③昏昏水气：昏暗的水上雾气。山麓：山脚。泛泛：无边的样子。弄：逗引。

④去国：离开故乡。无计：没办法。

和子由蚕市

[宋] 苏轼

蜀人衣食常苦艰，蜀人游乐不知还。

千人耕种万人食，一年辛苦一春闲。

闲时尚以蚕为市，共忘辛苦逐欣欢。

去年霜降斫秋荻，今年箔积如连山。①

破瓢为轮土为釜，争买不啻金与纨。②

忆昔与子皆童丱，年年废书走市观。③

市人争夸斗巧智，野人喑哑遭欺谩。④

诗来使我感旧事，不悲去国悲流年。⑤

　　这首七言古诗为唱和苏辙《蚕市》之作，作于嘉祐八年（1063）春，苏轼时为凤翔府签书通判。蚕市，据《茅亭客話》卷九《鬻龙骨》，此俗源于蜀王蚕丛教人养蚕。每年春时，蜀地州城及属县有蚕市，买卖蚕具及花木药草等物。又据苏辙原作叙，眉州二月望日鬻蚕器于市，因作乐纵观，谓之蚕市。可见蚕市不只是贸易场所，也是游乐场所。苏轼此诗最值得注意的是，它主要基于诗人的回忆视角，描写、叙述和议论触及蜀人欢欣和困苦、智巧和愚昧等多个方面。诗的开端就写出了蜀人相互关联的两面：一是耕者少而食者多，生活艰辛；二是蜀人整年辛苦，故春天才有闲暇游乐，即便如此也要有蚕市，一边做买卖一边玩乐。自"去年霜降斫秋获"，诗人描写了蚕具制作、交易的情况，并回忆了自己童年时与苏辙观蚕市所见市井百态。最后两句着题，指苏辙的诗触发了他对流逝岁月的悲感。

【注释】

　　①获：一种草本植物，叶长，似芦苇，茎可以为箔。箔：蚕箔，以竹子或芦苇编成的养蚕器具。

　　②瓢轮、土釜：均为抽茧出丝的器具。

　　③子：此指苏辙。童丱：儿童。丱：丱角，头发束成两角形。《诗·齐风·甫田》："婉兮娈兮，总角丱兮。"废书：放下书。走市观：此指到集市上去观览。

　　④野人：农夫。喑哑：此指不善言辞。欺谩：欺骗。

　　⑤去国：离开故乡。

寄黎眉州

［宋］苏轼

胶西高处望西川，应在孤云落照边。①

瓦屋寒堆春后雪，峨眉翠扫雨余天。②

治经方笑春秋学，好士今无六一贤。③

且将渊明赋归去，共将诗酒趁流年。④

【题解】

　　这首七言律诗作于熙宁九年（1076），当时苏轼任密州知州。黎眉州，指黎錞，字希声，渠江人。庆历六年（1046）进士，熙宁八年（1075）知眉州。黎錞善经术，有《春秋经解》。苏洵携苏轼、苏辙入京时，与黎錞家为邻，又均受知于欧阳修，号称"文行苏洵，经术黎錞"。"三苏"中，苏辙有《春秋集解》；苏轼虽无春秋学著作，但苏轼嘉祐二年（1057）以《春秋》义殿试中乙科，其集中也多有论《春秋》的文字。此诗作于王安石变法期间，王安石以经义取士，独不喜《春秋》，熙宁四年（1071）变革科举，乃黜《春秋》，不列于学官，则黎錞之春秋学固不能见重于时；苏轼因政见与王安石不和而离开朝廷出任地方官，与黎錞抱有同感和同情。因黎錞远离朝廷出任自己家乡眉州的知州，故苏轼此诗先从自己身为望乡之客的视角出发描写西川景象，多有推测、想象、回忆之词；颈联暗指朝廷官学之偏，而寄怀往时欧阳修的好士乐贤，实指今无其人；故尾联即用陶渊明辞官隐居的典故，期盼诗酒相会以驻流年。此诗先写景，再议论，最后抒志，次第井然。

【注释】

①胶西：秦属琅琊郡，汉文帝立胶西国，治高密。后魏立胶州，以胶水为名。隋开皇五年（585）改为密州。西川：唐方镇名。治成都府（今成都）。

②瓦屋：指瓦屋山，在今眉山市洪雅县。堆：堆积。扫：掠过。

③治经：研治经学。六一：指欧阳修。苏轼自注："君以《春秋》受知欧阳文忠公，公自号六一居士。"

④渊明：陶潜，东晋诗人。赋归去：指陶渊明的《归去来兮辞》。将：携。趁：追赶。

送表弟程六知楚州

［宋］苏轼

炯炯明珠照双璧，当年三老苏程石。①

里人下道避鸠杖，刺史迎门倒凫舄。②

我时与子皆儿童，狂走从人觅梨栗。

健如黄犊不可恃，隙过白驹那暇惜。

醴泉寺古垂橘柚，石头山高暗松栎。③

诸孙相逢万里外，一笑未解千忧集。

子方得郡古山阳，老手生风谢刀笔。④

我正含毫紫微阁，病眼昏花困书檄。⑤

莫教印绶系余年，去扫坟墓当有日。⑥

功成头白早归来，共藉梨花作寒食。

【题解】

这首诗作于元祐元年（1086），苏轼当时为中书舍人。程六，指程之元，字德孺，家中排行第六，故呼为程六。楚州，隋开皇元年（581）置。治所初在寿张，十二年（592）移治山阳（今江苏省淮安市）。大业初废，唐武德八年（625）又改东楚州置，仍治山阳。这首诗先写两家来往的旧事、对方的高贵门第、自己和程之元儿时一起玩耍的情景，乃感叹时光倥偬，只能怀想故乡景色，而如今心头万千忧愁早已盖过了相逢的欢乐。诗人接着切题，借程之元知楚州赞美其才干，但目的并非鼓励仕宦，而是自叹衰惫，期盼程之元功成身退后，能和自己一起借梨花而过寒食节。全诗倾注了门第意识、亲友之情，描写了饱经忧患的诗人对仕宦的倦怠，所谓功成身退的思想虽不新鲜，但却在亲情的映照下显得赋有人情味。这首诗的另一个特点是，虽为古风，首尾四句却多对仗，尤其是"子方得郡古山阳，老手生风谢刀笔。我正含毫紫薇阁，病眼昏花困书檄"，形式上属于扇面对，意义上也存在对比。

【注释】

①双璧：比喻如璧玉般的一对人物，此指程之元、程之邵，均为苏轼的表弟。苏：苏洵。程：指程之元、程之邵的父亲程文应。

石：指石待问，一说为石扬休。

②鸠杖：杖头以鸠鸟为饰的一种拐杖。倒凫舄：倒屣而迎。据《三国志·王粲传》，蔡邕闻王粲在门，倒屣迎之。凫舄：指仙履。《后汉书·王乔传》："乔有神术，每月朔望，常自县诣台朝。帝怪其来数，而不见车骑，密令太史伺望之。言其临至，辄有双凫从东南飞来。于是候凫至，举罗张之，但得一只舄焉。乃诏尚方诊视，则四年中所赐尚书官属履也。"

③醴泉：眉州山名。石头山：眉州无此山名，一说为石佛山。苏轼《罢徐州往南京马上走笔寄子由五首》之五："卜田向何许，石佛山南路。"

④山阳：楚州州治所在地。老手：熟手。生风：形容果断迅速。谢刀笔：辞谢刀笔吏。此句的意思是程之元为文迅疾，不需文吏代劳。

⑤含毫：喻构思。紫微阁：据《梦溪笔谈》卷三，唐中书省中植紫薇花，宋用唐故事，舍人院紫微阁前亦植紫薇花。书檄：此指文书。

⑥印绶：印信和系印信的丝带，借指官爵。余年：晚年。

送张嘉州

［宋］苏轼

少年不愿万户侯，亦不愿识韩荆州。①
颇愿身为汉嘉守，载酒时作凌云游。②
虚名无用今白首，梦中却到龙泓口。③
浮云轩冕何足言，惟有江山难入手。④
峨眉山月半轮秋，影入平羌江水流。⑤

谪仙此语谁解道，请君见月时登楼。⑥

笑谈万事真何有，一时付与东岩酒。⑦

归来还受一大钱，好意莫违黄发叟。⑧

【题解】

这是一首七言古诗，作于元祐五年（1090），苏轼当时任杭州知州。张嘉州，不详其名。一说指张大亨，字嘉父，湖州人，元祐中任嘉州刺史。和他的很多诗作一样，苏轼此诗开端并未直接提到送别的对方，而是抒发自己想做嘉州太守的愿望，继而设想自己做梦都回到嘉州，实则感叹愿望难以实现。接下来，诗人引用李白《峨眉山月歌》中成句，再请张嘉州见月登楼饮酒，期盼对方治理好嘉州，得到当地百姓的爱戴。总之，诗人似乎是在为一位外来官吏提前设计其在嘉州的生活和工作，其中穿插了古代典故和诗句，既是在赞美对方获得了这个美差，也是在赞美嘉州山水和风俗。

【注释】

①韩荆州：荆州长史韩朝宗。李白《与韩荆州书》："生不用封万户侯，但愿一识韩荆州。"苏轼反其意而用之。

②汉嘉：嘉州。汉室衰落，公孙述自称帝，时惟青衣不宾，汉光武帝闻而嘉之，后乃改青衣为汉嘉。载酒：携酒。凌云：嘉州九顶山凌云寺。苏轼《送吕昌朝知嘉州》："卧看古佛凌云阁，勅赐诗人明月湖。"

③龙泓口：在凌云寺上，当地人称为龙岩。

④浮云：比喻变幻不定。轩冕：车乘、冕服，此指功名爵禄。

⑤这句是用李白《峨眉山月歌》中成句。

⑥谪仙：李白号谪仙人。解道：能说。

⑦东岩：在嘉州城东佛峡，即圣冈山。

⑧大钱：面值大的钱。

送运判朱朝奉入蜀

[宋] 苏轼

霭霭青城云，娟娟峨眉月。①

随我西北来，照我光不灭。

我在尘土中，白云呼我归。

我游江湖上，明月湿我衣。

岷峨天一方，云月在我侧。

谓是山中人，相望了不隔。

梦寻西南路，默数长短亭。②

似闻嘉陵江，跳波吹锦屏。③

送君无一物，清江饮君马。④

路穿慈竹林，父老拜马下。⑤

不用惊走藏，使者我友生。⑥

听讼如家人，细说为汝评。⑦

若逢山中友，问我归何日。

为话腰脚轻，犹堪踏泉石。

【题解】

这首诗作于元祐七年（1092），苏轼当时任颍州知州。运判朱朝奉，不详其人。查慎行以为即朱世昌，字康叔，冯应榴疑以为指朱寿昌。苏轼的确提到过朱寿昌，但《宋史》本传称朱寿昌，字康叔，知阆州，未见其任朝奉郎或朝奉大夫。又今人如谢桃坊、刘崇德、陈晓燕等对其生平多有考证，说法虽不一，但均可证其人于元祐七年前已去世。从职官、交游、生活年代等方面来看，运判朱朝奉当指朱彦博。据《江西通志》卷七二，朱彦博，字元施，萍乡人，嘉祐年间进士，通判颍州，后迁广西、江西转运判官，历知虔、虢、解三州及湖北宪副。苏辙《乞者赵生传》记朱彦博曾帮助苏氏兄弟。又据《续资治通鉴长编》卷五〇六，元符二年（1099）其尚在世。

此诗写出了一场充满对话的梦：一方面，将云月拟人化而与之对话，以月亮白云为名呼唤自己返乡，仿佛它们就在身边，可以和山中的朋友千里相共，而诗人终究不得行，只能梦中寻觅归路；另一方面，又巧妙地想象友人入蜀后所见情景和处理政事的情况，并设想山中友人会问朱彦博自己何时归乡，故又设想自己托朱彦博传话，声称自己还有力回归林泉。

【注释】

①霭霭：云烟密集的样子。青城：青城山，在今四川省都江堰市。

②长短亭：古时道路每隔十里设长亭，供行旅停息。庾信《哀江南赋》："十里五里，长亭短亭。"

③跳波：形容翻滚的浪花。锦屏：锦绣屏风。

④饮马：给马喝水。

⑤慈竹：竹子根不离母，故名慈。

⑥走藏：逃避躲藏。友生：朋友。

⑦听讼：审理诉讼案件。《论语·颜渊》："听讼，吾犹人也，必也使无讼乎。"

洞仙歌

〔宋〕苏轼

余七岁时，见眉州老尼，姓朱，忘其名，年九十余。自言尝随其师入蜀主孟昶宫中，一日大热，蜀主与花蕊夫人夜起，避暑摩诃池上，作一词，朱具能记之。今四十年，朱已死，人无知此词者，独记其首两句，暇日寻味，岂《洞仙歌》令乎？乃为足之耳。

冰肌玉骨，自清凉无汗。水殿风来暗香满。绣帘开，一点明月窥人，人未寝，欹枕钗横鬓乱。①

起来携素手，庭户无声，时见疏星渡河汉。试问夜如何？夜已三更，金波淡，玉绳低转。但屈指西风几时来，又不道流年暗中偷换。②

【题解】

这首词作于元丰五年（1082），苏轼当时谪黄州。孟昶，五代后蜀君主，聪悟有才辩，善于作词。花蕊夫人为其妃子，孟昶喜其体态轻盈，赐号花蕊夫人。此词虽是写帝王生活，但词中的蜀王和花蕊夫人除了有富贵气外，很大程度上还被诗化和凡俗化了。词人不是站在政治立场或历史角度批判蜀王的生活方式，而是出以清空之

131

笔，想象二人夏日避暑于水殿所见天空景象，写其盼望秋天到来却不知时光暗中变换，从而给人以普遍的共通性的感受。

【注释】

①冰肌玉骨：形容女子体肤洁白美好。水殿：临水的宫殿。暗香：幽香。欹枕：斜靠在枕头上。

②素手：女子白净的手。时见：不时看见，常见。河汉：银河。金波：月光。玉绳：星名，玉衡星北二星。不道：不知不觉。

临江仙 （送王缄）

[宋] 苏轼

忘却成都来十载，因君未免思量。凭将清泪洒江阳。故山知好在，孤客自悲凉。①

坐上别愁君未见，归来欲断无肠。殷勤且更尽离觞。此身如传舍，何处是吾乡？②

【题解】

这首词有作于熙宁十年（1077）、元祐五年（1090）等说法。王缄，当为王箴，字元直，乃苏轼妻弟。此词上阕写因王箴归蜀而怀乡，反衬自己的孤独。下阕再写未为王箴所见的悲伤，只能借酒浇愁，感叹人生飘零无归。

①凭：请求。清泪：眼泪。江阳：江北，此指苏轼的故乡。故
山：故乡。好在：依旧。

②殷勤：形容情深。离觞：送行喝的酒。传舍：古代设于驿站
供行人住宿的客舍。

戎 州

[宋] 苏辙

江水通三峡，州城控百蛮。①

沙昏行旅倦，边静禁军闲。②

汉虏更成市，罗纨靳不还。③

投毡拣精密，换马瘦孱颜。④

兀兀头垂髻，团团耳带环。⑤

夷声不可会，争利苦间关。⑥

【作者简介】

苏辙，字子由，晚年自号颍滨遗老。年十九中进士。二十二举
直言，擢商州推官。以苏轼乌台诗案得罪从坐，谪筠州监酒。宣仁
太后临朝，擢中书舍人，代苏轼为翰林学士。未几，拜尚书右丞。

133

绍圣初，责置雷州，后北还，以大中大夫致仕。政和二年（1112）去世。苏辙与其父苏洵、其兄苏轼合称"三苏"，又被誉为"唐宋八大家"之一，著有《诗集传》《春秋传》《古史》《老子解》《栾城集》等，行于世。事具《颍滨遗老传》，《宋史》卷三三九有传。

【题解】

嘉祐四年（1059）冬，苏辙与父亲苏洵、兄长苏轼等舟行出川，经过戎州。这首五言排律就作于此时。苏辙此诗描写了少数民族与汉族贸易往来的各种景观：一是少数民族喜欢汉族丝织品，用瘦马换取精细毛毡；二是少数民族的装束打扮和语音不同于汉族。当然从"蛮""夷"等用词来看，他还是以汉文明为中心并由此角度出发来观察和书写。

【注释】

①江水：长江。州城：此指戎州州治所在地。百蛮：指古代南方的少数民族。

②行旅：此指过客、旅客。

③汉虏：被俘的汉族人。成市：形成市场。罗纨：泛指精美的丝织品。靳：吝惜。

④斒颜：颜色斑驳。

⑤兀兀：高耸的样子。垂髻：发髻下垂。团团：圆状。带环：戴着耳环。

⑥不可会：不能通晓。间关：亦指声音难懂。

又和二首（其一）

[宋] 黄庭坚

西风鏖残暑，如用霍去病。①

疏沟满莲塘，扫叶明庎迳。②

中有寂寞人，自知圆觉性。③

心猿方睡起，一笑六窗静。④

【作者简介】

黄庭坚，字鲁直，自号山谷道人，晚号涪翁，江西分宁（今江西省修水县）人。治平四年（1067）进士，曾任汝州叶县尉等地方官。哲宗登基后，担任过秘书省校书郎、著作佐郎等职。黄庭坚以诗文受知于苏轼，为"苏门四学士"之一。著有《山谷集》《山谷琴趣外篇》等，其中诗有任渊、史容、史季温等作注。

【题解】

这首五言诗作于元符二年（1099），黄庭坚此时谪居戎州。黄庭坚先有《次韵答斌老病起独游东园二首》，此再和二首，故诗题名《又和》。斌老，黄斌老，文同之妻侄。此诗一二句以霍去病善战好勇的典故描写西风势不可当、暑气消退，比喻新颖。三四句继一二

句写西风吹来后疏通沟渠、扫除落叶等事。五六句以下转写佛理，声称本有圆觉性，纵有心猿意马，只需一笑便六根清净。在宋代文人中，黄庭坚以精通佛理而著称，这首诗就体现出这一点。

【注释】

①鏖：激战，久战。残暑：残余的暑气。此二句意思是西风吹来战退暑气，仿佛霍去病带兵与敌人鏖战而多杀之。

②疏沟：疏通沟水。莲塘：荷塘。竹迳：竹林中的小路。

③圆觉：圆满的觉性。即人人本具的真心。

④心猿：比喻攀缘外境之心。睡起：睡醒，比喻生起攀缘之心。
六窗：比喻眼、耳、鼻、舌、身、意六根。

寄题荣州祖元大师此君轩

〔宋〕黄庭坚

王师学琴三十年，响如清夜落涧泉。①

满堂洗尽筝琶耳，请师停手恐断弦。②

神人传书道人命，死生贵贱如看镜。③

晚知直语触憎嫌，深藏幽寺听钟磬。④

有酒如渑客满门，不可一日无此君。⑤

当时手栽数寸碧，声挟风雨今连云。

此君倾盖如故旧，骨相奇怪清且秀。⑥

程婴杵臼立孤难，伯夷叔齐采薇瘦。⑦

霜钟堂上弄秋月，微风入弦此君悦。⑧

公家周彦笔如椽，此君语意当能传。⑨

【题解】

这首七言古诗作于元符二年（1099）闰九月，黄庭坚当时谪居戎州（今四川省宜宾市）。祖元，俗姓王，和义人，善琴，好竹，时住荣州（今四川省荣县）嘉祐寺。此君轩，祖元房室名。这首诗开头四句通过祖元学琴时间、琴声、听者反应来赞美祖元的琴艺。接下来四句写祖元之所以如此的缘由：本擅长算命，因太准确为人厌恨而放弃，转而学琴。自"有酒如渑客满门"一句，写祖元既有此琴艺，又有酒待客，故诸多友朋登门，而其中又有高雅之士"此君"（竹子）与之倾盖如故，接着诗人便用典故来将竹子拟人化——竹子不仅骨相奇、节气高、外形瘦，而且能够欣赏祖元的琴声。末尾两句又巧妙地赞扬祖元的堂弟王庠，称后者能传达竹子的意思。故诗人既赞美祖元的琴艺，也赞美其竹。此诗每四句一换韵，平、仄韵交错其间，在用韵上也很有特点。

【注释】

①王师：祖元，俗姓王。清夜：寂静的夜晚。落涧泉：琴曲中有《幽涧泉》等曲目。

②满堂洗尽筝琶耳：这句意思是祖元弹琴技艺高超，令满堂听者厌弃以前听过的筝、琶声。请师停手恐断弦：这句意思是祖元弹琴力道足，听者唯恐其琴弦断绝，故让他辍手。

③神人：神仙。传书：授予书籍。道：说。人命：人的寿命。死生贵贱如看镜：这句意思是祖元擅长看命，看人的生死贵贱如看镜子一般清楚。

137

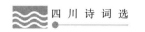

④直语：直言，实话。憎嫌：厌恨。

⑤有酒如渑：酒多。此君：竹。《世说新语·任诞》："王子猷尝暂寄人空宅住，便令种竹。或问：'暂住何烦尔？'王啸咏良久，直指竹曰：'何可一日无此君？'"

⑥倾盖如故旧：形容一见如故。骨相：此指竹子的枝干。

⑦程婴杵臼立孤难：据《史记·赵世家》，屠岸贾杀赵朔、赵同、赵括、赵婴齐，皆灭其族。赵朔妻有遗腹子，后生一男孩，为屠岸贾所追索。赵朔门客公孙杵臼问友人程婴："立孤与死孰难？"程婴曰："死易，立孤难耳。"公孙杵臼曰："赵氏先君遇子厚，子强为其难者，吾为其易者，请先死。"伯夷叔齐采薇瘦：此句形容祖元所栽之竹劲硬如程婴、公孙杵臼。据《史记·伯夷列传》，伯夷叔齐义不食周粟，隐于首阳山，采薇而食之，遂饿死。此句形容竹子瘦削如伯夷、叔齐。

⑧霜钟：指钟或钟声。弄：玩。

⑨周彦：王庠，字周彦，荣州人，祖元的堂弟，苏轼之兄婿。笔如椽：比喻精通文墨。

次韵李任道晚饮锁江亭

[宋] 黄庭坚

西来雪浪如炰烹，两涯一苇乃可横。①

忽思钟陵江十里，白苹风起縠纹生。②

酒杯未觉浮蚁滑，茶鼎已作苍蝇鸣。③

归时共须落日尽，亦嫌持盖仆屡更。④

这首诗作于元符三年（1100）夏，黄庭坚当时谪居戎州。据黄庭坚《与王观复书》，李任道，本梓州人，寓居江津二十余年。此诗写诗人与李任道在锁江亭上饮酒喝茶。前两句写江水虽暑气腾腾而小舟可渡，诗人乃因此江怀念故乡江水。五六句以昆虫巧妙形容饮酒煮茶。七八句作结，以仆人屡次相代点出聚会历时甚久。

【注释】

①刨烹：蒸煮。两涯：两岸。一苇：小舟。

②钟陵：唐代宗时改豫章为钟陵（今江西省南昌市），属洪州。黄庭坚乃洪州人，此以钟陵代指其家乡。白苹：水中浮草。縠纹：比喻水中波纹如绉纱。

③浮蚁：形容酒面上的浮沫。茶鼎：烹茶的器具。作：好像。

④仆屡更：仆人屡次更替。

锦江思

［宋］李新

独咏沧浪古岸边，牵风柳带绿凝烟。①
淂鱼且斫金丝脍，醉折桃花倚钓船。②

139

【作者简介】

李新，字元应，仙井（今四川省仁寿县）人。早登进士第。元符末上书，谪遂州，流落终身。著有《跨鳌集》50卷。

【题解】

在这首七绝诗中，诗人咏唱"沧浪"之歌，打鱼、切鱼，醉酒后依靠在钓鱼船边，完全是随性散漫的生活方式。"沧浪""古岸"是全诗最引人注目的地方，这表明在李新那里，锦江还是适合隐逸的场所，似乎与繁华的市井生活无关。

【注释】

①沧浪：《孟子·离娄上》："有孺子歌曰：'沧浪之水清兮，可以濯我缨；沧浪之水浊兮，可以濯我足。'"沧浪，即指此歌。柳带：柳条细长如带，故称柳带。凝烟：凝雾。此句意思是柳条如带牵引风来，其碧绿之色仿佛凝雾。

②金丝脍：此处比喻鱼脍细如金色丝条。

客丹棱天庆观夜坐

[宋] 冯时行

家山千里秋风客，搔首夜深寒雨窗。①

万古兴亡心一寸，孤灯明灭影成双。②

鬓边日月如飞鸟，眼底尘埃拟涨江。③

高枕欲眠眠不稳，晓钟迢递发清撞。④

【作者简介】

冯时行，字当可，号缙云，璧山（今重庆市璧山区）人。宣和
六年（1124）进士，绍兴初调江原县丞，绍兴五年（1135）知丹棱，
绍兴八年（1138）知万州。因斥宋金和议，为秦桧所恶。后被弹劾
免官，退居缙云山授徒讲学。秦桧死，先后知蓬州、黎州、彭州，
擢成都府路提点刑狱。隆兴元年（1163）卒。著有《缙云集》43 卷
（《宋史·艺文志》），已佚，明嘉靖年间李玺刊为《缙云文集》4 卷。
事具蹇驹《古城冯侯庙碑》，《宋史翼》卷一〇有传。

【题解】

这首七言律诗约作于绍兴五年（1135）秋，冯时行时为丹棱知
县。冯时行《杨隐父墓表》："绍兴乙卯、丙辰间，某尝令丹棱。"丹
棱，今四川省眉山市丹棱县。天庆观，道观名。此诗以诗人秋夜作
客他乡起兴；颔联写自己，分别以心和影作对，可见诗人胸怀国家，
并带有兴亡之思和孤独之感；颈联写外界，以飞鸟和江涨的比喻分
别形容时间飞逝和尘俗不堪，故诗人一夜辗转反侧，直到清晨撞钟
声响都未能安睡（尾联）。全诗有寄托，用比兴手法含蓄地描写了自
我和外界之间某种不能融洽的体验，这在秋风、寒雨、日月、飞鸟
等自然之物构成的背景中显得更具忧患感。

【注释】

①家山：故乡。秋风客：此指秋日作客他乡的诗人自己。

②明灭：忽明忽暗。

③眼底：眼里。尘埃：飞扬的尘土。拟：比拟，类似。

④高枕：枕着高枕头。不稳：不安稳。晓钟：晨钟。撞：此指
撞钟的声音。

成都学舍遣兴五首（其一）

［宋］李焘

久客堕尘土，幽居怀翠微。①

只余清夜梦，长作故山归。

菊已开三径，松应长十围。②

晨钟忽惊觉，犹有露沾衣。③

【作者简介】

李焘，字仁甫，一字子真，今四川省丹棱县人。绍兴八年（1138）进士，授成都府华阳县主簿，未赴，久之乃赴。历嘉州军事推官、双流知县、荣州知州、潼川府路转运判官等职。孝宗朝仕至同修国史。淳熙十一年（1184），以敷文阁学士致仕，不久去世，享年七十，谥文简。著有《续资治通鉴长编》《易学》《春秋学》《通论》《说文解字五音韵谱》《陶潜新传》等。事具《周文忠集》卷六六《敷文阁学士李文简公神道碑》，《宋史》卷三八八有传。

【题解】

此诗用语清浅而有余味，尤其善于在虚实之间回旋：首联开门见山，抒发诗人怀乡归隐之志；颔联笔锋一转，称只能梦中回去，含蓄地表明了志向的不现实；颈联承颔联，写的不是现实景象，而依然是梦中所见——园中已开出三径，松树应已长大；尾联转回现实，"露沾衣"不仅是描写秋晨景象，而且暗用陶诗，表露了诗人惆怅的心情。

【注释】

①久客：长久客居。堕：一作"厌"。"厌"与"怀"作对。尘土：尘世。幽居：隐居。翠微：泛指青山。

②三径：据赵岐《三辅决录·逃名》，蒋诩归乡里不出，舍中有三径，唯求仲、羊仲从之游。后以"三径"指归隐者的家园。陶渊明《归去来兮辞》："三径就荒，松菊犹存。"十围：形容粗大。

③惊觉：惊醒。沾衣：沾湿衣服。

游锦屏山谒少陵祠堂

［宋］陆游

城中飞阁连危亭，处处轩窗临锦屏。①

涉江亲到锦屏上，却望城郭如丹青。②

虚堂奉祠子杜子，眉宇高寒照江水。③

古来磨灭知几人，此老至今元不死。④

山川寂寞客子迷，草木摇落壮士悲。⑤

文章垂世自一事，忠义凛凛令人思。⑥

夜归沙头雨如注，北风吹船横半渡。⑦

亦知此老愤未平，万窍争号泄悲怒。⑧

【作者简介】

陆游，字务观，号放翁，越州山阴（今浙江省绍兴市）人，南宋文学家、史学家、爱国诗人。陆游在诗、词、文等方面都有很高成就，其中要数诗歌成就最大。尽管其饱含爱国热情的诗歌南宋以来就受到重视，但在明清时期更受青睐的是他那些写闲适情状、日常景物的诗。直到清末以后，其爱国主义诗歌才受到处在亡国威胁下的读者们的热烈赞颂，最终奠定了其伟大的爱国主义诗人的名声（钱锺书《宋诗选注》）。他的作品有《渭南文集》《剑南诗稿》《放翁遗稿》《南唐书》《老学庵笔记》等，其中诗歌在古代有史温、闻仲和等作选注，今人钱仲联对其《剑南诗稿》作了校注（《剑南诗稿校注》）。

【题解】

这首七言古诗作于乾道八年（1172）秋，陆游当时在阆中。锦屏山，在阆中城南，位于嘉陵江南岸，上有少陵祠。诗的前四句写诗人游锦屏山所见所感。五六句写谒少陵祠所见，接下来乃因杜甫而生感叹，尤其赞赏杜甫的文章和忠义两方面，这也是宋代文人对杜甫普遍的看法，反映了宋代所谓的"时代精神"。最后四句则借助自然天气作比，以呼号的大风比喻杜甫的愤怒，这种将杜甫视为愤怒诗人的看法尽管可以从杜诗中找到例证，却更像是陆游在宣泄自己的情绪。

【注释】

①飞阁：高阁。危亭：位于高处的亭子。轩窗：窗子。临：面对。

②江：此指嘉陵江。锦屏：此指锦屏山。却望：回望。丹青：图画。

③虚堂：高堂。奉祠：祭祀。子：对男子的尊称。杜子：杜甫。

高寒：高峻清寒。

④元：原来，本就。

⑤摇落：零落。

⑥垂世：留传世间。

⑦沙头：沙滩边。注：倾泻。此句意思是晚上回去时，沙滩边大雨倾泻。

⑧窍：孔穴。《庄子·齐物论》："夫大块噫气，其名为风，是唯无作，作则万窍怒号。"悲怒：悲愤。

剑门道中遇微雨

［宋］陆游

衣上征尘杂酒痕，远游无处不销魂。①
此身合是诗人未？细雨骑驴入剑门。②

【题解】

陆游的这首七言绝句作于乾道八年（1172）十一月。剑门，在今四川省剑阁县北，两山壁立，中有一道。诗人离开南郑前往成都，心中本自愁闷，思及自己细雨骑驴入蜀和前代诗人的相关经历，不禁设问自己是否算是个诗人。实则诗人意欲报国，而非仅是诗人而已。

【注释】

①征尘：旅途中所染的灰尘。酒痕：酒滴的痕迹。销魂：灵魂离散，形容极为悲愁。

②合是：应该是。未：放在句尾表疑问。关于此二句的意思，大致有两种看法：一是自唐宋以来，人们认为入蜀与诗人的创作成就有关系、骑驴与诗思有关系，因此"细雨骑驴入剑门"的陆游不禁要问自己算不算诗人（钱锺书《宋诗选注》）；二是为愤慨之言，因陆游当时离开南郑前往成都，恢复关中之志不能实现，故只能做个诗人，实则是心有不甘（钱仲联《剑南诗稿校注》卷三）。

初入西州境述怀

［宋］陆游

我无飞仙术，御气周八极。①
寸步常依人，艰哉万里没。②
自行剑关南，大道平如席。
日高涂驾车，薄暮亦两驿。
及兹山愈远，原野若加辟。③
茂树冬不凋，寒花晚犹拆。④
昔我卜远游，至蜀龟辄食。⑤
弛装有定处，呜呼岂人力。⑥
颇传岷山下，清淑无疬疫。⑦
士风尚豪举，意气喜远客。⑧

薪米家可求，借书亦易得。

思吴昆不忘，所愿少休息。⑨

吾闻古达人，雅志在山泽。⑩

岂无及物心，但恨俗褊迫。⑪

揽辔昆成留，引去常勇决。⑫

骇机满人间，著脚无上策。⑬

【题解】

这首五言古诗是乾道八年（1172）十一月，陆游自武连至魏成道中作。西州，这里指剑门关以南的蜀地。诗人首先写自己初入西州的感受：不再是艰难的行役，而是行车轻快，傍晚时分就经过了两道驿站；离崇山峻岭越来越远，地势变得平敞开阔；树木不凋，花朵盛开。自"颇传岷山下"下八句，写岷山一带的富饶、和平以及好客的风尚，乃萌生前往休整的愿望。最后八句再以古之达道者为楷模，表达隐逸山林之志，其中寄托了对人间险恶的厌恶之情。此诗虽不是陆游的上乘之作，却为我们提供了一个具有对比体验的外来者初入蜀地时表达观感和愿望的个案。

【注释】

①御气：御风。周：遍及。八极：八方极远之地。

②依人：依靠他人。

③加辟：扩大。

④寒花：寒冷季节开的花。拆：同"坼"，绽开。

⑤卜远游：因远游而占卜吉凶。

⑥弛装：放下行装。定处：安定之处。呜呼：表示慨叹。

⑦清淑：清和。疠疫：瘟疫。

⑧士风：士人风气。豪举：有魄力或阔绰的举动。

⑨思吴：此指思乡。陆游故乡在山阴，属"三吴"（吴兴、吴郡、会稽）之会稽，故云。所愿：希望。少：稍稍。

⑩雅志：素来的志向。山泽：山野。

⑪及物：惠及万物。褊迫：狭隘。

⑫揽德：观览德行，揽，通"览"。贾谊《吊屈原赋》："凤凰翔于千仞兮，览德辉而下之。"此句意思是达道者见人有德而留下。引去：离去，引退。勇决：勇敢果决。

⑬骇机：突然触发的弩机，指祸难。著脚：立足。

三月十七日夜醉中作

［宋］陆游

前年脍鲸东海上，白浪如山寄豪壮。①
去年射虎南山秋，夜归急雪满貂裘。②
今年摧颓最堪笑，华发苍颜羞自照。③
谁知得酒尚能狂，脱帽向人时大叫。④
逆胡未灭心未平，孤剑床头铿有声。⑤
破驿梦回灯欲死，打窗风雨正三更。⑥

【题解】

　　这首七言古诗作于乾道九年（1173）三月，陆游当时在成都。诗的开头回忆自己过往杀鲸射虎的豪壮之举，转而与当前的颓老做对比，寄寓了人生失意的主题。"谁知得酒尚能狂"二句以自己借酒消愁的狂放，引出离开抗金前线的苦闷情绪和杀敌志向。末尾二句再写三更天风雨打窗的情景，表明诗人梦醒后不能入睡而作此诗，加深了失意、苦闷的主题。

【注释】

　　①前年：往时，往年。脍鲸：将鲸鱼肉切成碎片。

　　②此二句指陆游《书事》《建安遣兴》《汉宫春·羽箭雕弓》等诗词都曾提到的在南郑幕中射虎之事。南山：终南山。貂裘：貂皮做的衣裘。

　　③摧颓：困顿失意。华发：花白头发。苍颜：苍老的面容。

　　④脱帽：形容豪放不羁。

　　⑤逆胡：此指金人。

　　⑥梦回：梦醒。死：熄灭。三更：半夜十一时至翌晨一时。

成都行

[宋] 陆游

倚锦瑟，击玉壶，吴中狂士游成都。①

成都海棠十万株，繁华盛丽天下无。②

青丝金络白雪驹，日斜驰遣迎名姝。③

燕脂褪尽见玉肤，绿鬟半脱娇不梳。④

吴绫便面对客书，斜行小草密复疏。⑤

墨君秀润瘦不枯，风枝雨叶笔笔殊。⑥

月漫罗袜清夜徂，满身花影醉索扶。⑦

东来此欢堕空虚，坐悲新霜点鬓须。⑧

易求合浦千斛珠，难觅锦江双鲤鱼。⑨

【题解】

　　这首歌行作于乾道九年（1173）九月，陆游当时任嘉州知州。诗人先回顾了自己在成都时的生活，关键词是"狂"和"游"：倚瑟击壶、观赏海棠、迎接名姝、醉倒花丛等都体现出这两点。其中，又数写他与名姝交往的过程最为详细，风流、雅致的文采体现出这位爱国主义诗人的另一面。传统上，他的这类举动也被视为一种落魄的体现：无法到前线建功立业，故放浪形骸，沉湎声色。而在诗人眼里，这种生活其实很值得怀念，因为如今就连这种欢乐也没有了，只觉年华易逝，鬓须变白，故念念不忘来自成都的书信。

【注释】

　　①锦瑟：漆有织锦纹的瑟。玉壶：此指酒壶。

　　②盛丽：美丽。

　　③青丝：此指青色的马绳。金络：金饰的马笼头。日斜：太阳西斜，指傍晚。名姝：有名的美女。

　　④燕脂：胭脂，一种红色颜料。玉肤：如玉的肌肤。绿鬟：乌黑的发髻。娇：困倦。

　　⑤吴绫：吴地产的一种很薄的丝织品。便面：用来遮脸的扇状

物。斜行：古有斜界纸用于书写，此指辞章。小草：字形小巧的草书。

⑥墨君：墨竹。秀润：秀丽光润。

⑦罗袜：丝罗制的袜。清夜：寂静的夜晚。徂：逝去。索：须。

⑧东来：嘉州在成都南，自成都沿岷江而下，在小东郭外登舟东行，故言东来。此欢堕空虚：这种欢乐消失。坐悲：徒悲，空悲。新霜点鬓须：形容自己鬓发和胡须变白，仿佛染上了霜。

⑨合浦：古郡名，郡治在今广西壮族自治区合浦县东北，以产珠宝闻名。鲤鱼：代指书信。《饮马长城窟行》："客从远方来，遗我双鲤鱼。呼儿烹鲤鱼，中有尺素书。"

雨中登楼望大像

[宋] 陆游

去年寒雨中，骑驴度剑阁。

今年当此时，卧听边城柝。①

巍巍千尺像，与我两寂寞。②

交游阅四海，此老差可托。③

但当频自省，诸恶誓莫作。④

时时一凭高，相望要不怍。⑤

桑间戒三宿，坚坐岂渠乐？⑥

却应输老夫，新春买芒屩。⑦

151

【题解】

这首五言古诗写嘉州凌云寺弥勒大佛，作于乾道九年（1173）十一月，陆游当时在嘉州。在此之前，陆游已有《能仁院前有石像丈余，盖作大像时样也》《谒凌云大像》《凌云醉归作》等诗，可知其多次前往游览。但相比前几首诗，陆游此诗更具宗教信仰的意味。开头通过对比之前的自己和当前的自己来凸显失意情绪，感叹这尊弥勒大佛和自己一样寂寞，自己交游虽多，但纵观四海，还是觉得此佛可以寄托身心，故面对此佛自省，发誓诸恶莫作。但自"时时一凭高"，诗人却自认为在佛面前无所羞愧，反而声称浮屠不三宿桑下，言外之意是此佛为何久坐于此？何况久坐并无快乐，倒不如自己买芒鞋而行。在这里诗人有调侃之意，因为他很清楚"始知神力无穷尽，丈六黄金果小身"（《谒凌云大像》）——这尊佛像不过是真佛的小小化身而已。不过这种玩笑表明，诗人依然保留着很强的自我意识，而不是一味虔诚奉拜。

【注释】

①边城：边境城市，此指嘉州。柝：巡夜打更用的木梆。

②千尺像：夸饰之言，形容其高。据范成大《吴船录》卷上，凌云寺弥勒像高三百六十尺，顶围十丈，目广二丈，为楼十三层。

③差：勉强，大致。可托：可依靠、寄托。

④自省：反省自己。

⑤凭高：登高。要：应。不怍：不羞愧。

⑥坚坐：久坐。这尊弥勒佛像为坐像，故云。岂渠：犹怎么，难道。

⑦芒屩：芒鞋。

瑞草桥道中作

[宋] 陆游

经年簿书无少暇，款段今朝欣一跨。①

瑞草桥边水乱流，青衣渡口山如画。②

老翁醉著看龙锺，小妇出窥闻娅姹。③

荒陂吹笛晚呼牛，古路倚梯晨采柘。④

残花零落不禁折，香草丰茸如可藉。⑤

邮亭慈竹笋穿篱，野店蒲萄枝上架。⑥

功名垂世端有数，利欲昏心喜乘罅。⑦

羁穷自笑岂人谋，闲放每欲从天借。⑧

草根虫语只自悲，风里蓬泛安税驾？⑨

祖师补处浣花村，会傍清江结茆舍。⑩

【题解】

淳熙元年（1174）三月，陆游离开嘉州前往蜀州（今四川省崇州市），途中作此诗。此诗开端写所见人物、花草等，古朴、秀丽如画。自"功名垂世端有数"以下六句，诗人感叹人间各色各态，抒发自己飘零困顿之悲。末尾两句称自己也将效法杜甫，结宇清江。

【注释】

①经年：常年，多年。簿书：文书簿册。少暇：少许空暇。款段：联绵词，马走得慢的样子，这里代指马。

②瑞草桥：在今四川省青神县西部。青衣：青衣江，一名平羌江，流经青神县。

③龙锺：联绵词，形容衰老。小妇：年轻妇女。娅姹：联绵词，形容声音。

④陂：山坡。倚梯：靠着梯子。柘：柘叶，可饲蚕。

⑤不禁：经不住。丰茸：繁盛茂密。藉：踏。

⑥邮亭：驿站，驿馆。慈竹：新竹旧若老少相依，故名。野店：乡村旅舍。蒲萄：葡萄。

⑦端：确。有数：有天数，命定。乘蟆：钻空子。

⑧羁穷：漂泊困顿。人谋：人为谋划。

⑨蓬征：形容征程如飞蓬。税驾：停车。

⑩祖师：此指杜甫。杜甫被尊为江西宗派"一祖三宗"之一祖。补处：前佛既灭后，成佛而补其处，此指杜甫所到之处。浣花村：指杜甫在成都的居处。茆舍：茅屋。

月夕

［宋］陆游

我昔隐天台，夜半游句曲。①
弄月过垂虹，万顷一片玉。②
烟艇起菱唱，水风吹钓丝。③

更欲小迟倚，恐失初平期。④

今年游青城，三十六峰峦。⑤

白云反在下，使我毛骨寒。

天如玻璃钟，倒覆湿银海。⑥

素璧行其间，草木尽光彩。⑦

姮娥顾我笑，手抚玉兔儿。⑧

莫怪世人生白发，秋风桂老欲无枝。

【题解】

这首诗作于淳熙元年（1174）夏，陆游时为蜀州（今四川省崇州市）通判。月夕，月夜。此诗先回顾昔日游天台月夜所见，其中皆是江南秀丽景象。自"今年游青城"，则以白云在下、天空倒覆如玻璃酒器湿透云海突出青城之高寒。最后六句写月亮，如嫦娥、玉兔之物均为常见典故，而以天上桂树老去转指人生易老。整首诗并无特殊感兴，而是多以描写、典故和比喻手法形容月景，有虚有实，显得奇幻神妙。

【注释】

①天台：山名，在今浙江省天台县北。据陆游《烟波即事十首》其七自注，他绍兴年间曾入天台，放浪山水之间。句曲：山名，山形曲折似句字，故名。在今江苏省句容县东南。相传汉茅盈与其弟茅固、茅衷修道于此，故又称茅山。道家以为三十六洞天中的第八洞天。

②弄月：赏月。垂虹：指垂虹桥，在江苏省吴江市东。

③烟艇：烟波中的小舟。菱唱：采菱人所唱的歌。钓丝：钓竿

上的垂线。

④小：稍微。徙倚：徘徊。初平：指仙人皇初平。据葛洪《神仙传》卷二，皇初平年十五，家使牧羊，有道士见其良谨，带至金华山石室中，后得道成仙。

⑤此句指青城山天仓峰有三十六峰。

⑥玻璃钟：玻璃做的酒器。银海：银色的海洋，此指云海。

⑦素璧：形容白玉般的月亮。

⑧姮娥：姮，本作"恒"，俗作"姮"，汉代因避文帝刘恒讳，改称常娥，通作"嫦娥"。玉兔：传说月亮里有白兔捣药。

春残

[宋] 陆游

石镜山前送落晖，春残回首倍依依。①
时平壮士无功老，乡远征人有梦归。②
苜蓿苗侵官道合，芜菁花入麦畦稀。③
倦游自笑摧颓甚，谁记飞鹰醉打围。④

【题解】

这首七言律诗作于淳熙三年（1176）二月，陆游当时在成都。春残，暮春。此诗首联点明自己所处地点、行为和对春日的眷恋。颔联感叹时世清平，无以立功的壮士就此老去，而远离故乡的士兵

156

却只有在梦中回去，言外之意是战争虽然没有发生却又如临大敌，不是真正的太平时世。颈联表面上写景，实则亦承颔联而言，盖首蓿疯长侵占官路暗示没有战事，同样转指无法立功沙场。一心想着收复北方的诗人写此美景，其实也是一种无聊。故尾联再回忆南郑时期打猎的壮举，以排遣当前的颓丧。

【注释】

①石镜山：在今四川省华阳县。落晖：落日的光辉。依依：依恋的样子。

②时平：时世清平。征人：远行者或军人。

③首蓿：植物名，豆科，汉武帝时从大宛传入。官道：官路，公家修建的供文书传递、战事、运输等用的道路。合：此指官道两边的首蓿疯长而聚拢。战马嗜首蓿，而此句写首蓿侵占了整个官道，可知没有马吃首蓿，暗指没有战事。芜菁：植物名，又名蔓菁，块根可做蔬菜。麦畦：麦田。

④倦游：厌倦游宦。摧颓：困顿失意。打围：打猎。此句指其打猎旧事。

过野人家有感

[宋] 陆游

纵辔江皋送夕晖，谁家井臼映荆扉。①

隔篱犬吠窥人过，满箔蚕饥待叶归。②

世态十年看烂熟，家山万里梦依稀。③

躬耕本是英雄事，老死南阳未必非。④

157

【题解】

这首七言律诗作于淳熙三年（1176）三月，陆游当时在成都。此诗亦从江边观落日起笔，先写淳朴、恬和、宁静的农家景象，颈联转写个人对人间世态的感受和愿望，尾联承颈联，用诸葛亮躬耕南阳的典故，以英雄气概写失意之感。

【注释】

①纵辔：放开马缰奔驰。江皋：江岸。夕晖：夕阳。井臼：水井和石臼。荆扉：柴门。

②箔：养蚕器具。叶：陆游自注"吴人直谓桑曰叶"。

③烂熟：指极其透彻。家山：故乡。

④躬耕：亲身参加农耕。诸葛亮《出师表》："臣本布衣，躬耕于南阳。"

宿上清宫

［宋］陆游

永夜寥寥憩上清，下听万壑度松声。①

星辰顿觉去人近，风雨何曾败月明。②

早岁文辞妨至道，中年忧患博虚名。③

一庵傥许西峰住，常就巢仙问养生。④

这首七言律诗作于淳熙四年（1177）六月。此诗首联先写行迹，再写声音。颔联则先写所见星辰距人远近，再写月明不亏于风雨，其中暗含道理。颈联乃感叹自己未能早些求道。尾联承颈联而下，点明此行目的是求取养生之道。

【注释】

①永夜：长夜。寥寥：寂寥。上清：上清宫，在青城山最高顶。度：经过。

②败：损害。

③早岁：早年。至道：极精深微妙的道理或道术。

④傥：如果。就：近。巢仙：巢居之仙人，此指青城山上官道人。

秋晚登城北楼

[宋] 陆游

幅巾藜杖北城头，卷地西风满眼愁。①

一点烽传散关信，两行雁带杜陵秋。②

山河兴废供搔首，身世安危入倚楼。③

横槊赋诗非复昔，梦魂犹绕古梁州。④

159

【题解】

这首七言律诗淳熙四年（1177）九月作于成都。开端先写自己所处位置和所见，"愁"字点明全诗主题。诗人看到报警的烽火、从北方飞来南方的大雁，联想到边关和北方失地，触发了故国之思、身世之感，而自己已远离边关，只有梦魂还能回去。全诗写景具有画面感和广阔的视野，写人则塑造了一个报国无门的愁苦诗人形象，在运用起兴手法上也很出色。

【注释】

①幅巾：以全幅细绢裹头的头巾。藜杖：用藜的老茎做的手杖。

②烽：边关报警的烽火。散关：大散关。在陕西省宝鸡市西南大散岭上，为川陕要道。杜陵：在今陕西省西安市东南。古为杜伯国。秦置杜县，汉宣帝筑陵于东原上，因名杜陵。

③山河：江山，国土。兴废：兴亡。搔首：挠头，形容焦虑、惶惑或有所思。

④横槊赋诗：在马上横着长矛吟诗。古梁州：古九州之一，相传治所在今陕西省汉中市东南。

谒汉昭烈惠陵及诸葛公祠宇

[宋] 陆游

雨止风益豪，雪作云不动。①

凄凉汉陵庙，衰草卧翁仲。②

画妓空笙竽，土马阙鞿鞍。③

壤沃黄犊耕，柏密幽鸟哢。④

尚想忠武公，身任社稷重。⑤

整整渭上营，气已无岐雍。⑥

少须天意定，破贼宁患众。

兴亡信有数，星陨事可痛。⑦

陵边四五家，茆竹居接栋。⑧

手鞍纸上箔，醅熟酒鸣瓮。⑨

咨嗟生理微，亦足逭饥冻。⑩

刘葛固雄杰，阅世均一梦。⑪

论高常近迂，才大本难用。⑫

九原不可作，再拜临风恸。⑬

161

【题解】

　　这首五言古诗作于淳熙四年（1177）十月，陆游当时在成都。昭烈：指刘备，刘备死后谥曰昭烈皇帝。惠陵：刘备与其妻合葬之陵。诸葛公祠宇：诸葛亮之祠宇。此诗的价值主要体现在对宋代惠陵、诸葛亮祠宇的描述和议论上。诗人先写所见昭烈庙的景象，与今天不同，当时的昭烈庙很荒凉。自"尚想忠武公"，叙述和议论历史上诸葛亮的行事，对后者北伐不成用天意、天数做解释。自"陵边四五家"，再写惠陵旁边平民生计。最后六句发议论，带有人生如梦的虚幻感和对诸葛亮不能完成统一大业的惋惜。宋代面临着尖锐的民族矛盾，宋人对蜀、魏孰为正统的问题争论颇多，自南宋以来尊刘贬曹之论逐渐盛行，实际上是以蜀汉象征汉族统一国家政权（钱仲联《剑南诗稿校注》卷六），而陆游素来主张北伐恢复汉唐故土，他以蜀汉为正统，认为"遗民亦知王室在，闰位那干天统正"（《谒诸葛丞相庙》）。因此，陆游悲叹诸葛亮北伐未能成功，也寄托了他自己的思绪。

【注释】

　　①豪：迅猛，强劲。

　　②汉陵庙：此指汉昭烈庙。翁仲：指铜像或石像。相传秦始皇时有长人见于临洮，仿写其形，铸金人以像之，号称"翁仲"。

　　③羁鞿：带嚼子的马笼头。

　　④哮：鸣叫。

　　⑤忠武公：诸葛亮谥曰忠武侯。

　　⑥整整：严整。渭上营：诸葛亮出兵渭南，与司马懿对峙。岐雍：岐山、雍州。岐山亦在雍州，在今陕西省岐山县。

　　⑦星陨：星落下，此指诸葛亮病逝。

　　⑧葫竹：毛竹，竹子的一种，可作建筑材料。接：连接。

⑨箔：金属薄片。醅：没滤过的酒。瓮：盛酒的坛子。

⑩生理：生计。微：贫贱，卑下。逭：避免。饥冻：饥饿寒冷。

⑪刘葛：刘备和诸葛亮。雄杰：雄伟杰出。

⑫论高：议论不切实际。

⑬九原：墓地。作：死而复生。再拜：拜了又拜。临风：迎风。恸：痛哭。

玉局观拜东坡先生海外画像

［宋］陆游

商周去不还，盛哉汉唐宋。

苏公本天人，谪堕为世用。①

太平极嘉祐，珠玉始包贡。②

公车三千牍，字字岌飞动。③

气力倒犀象，律吕谐鸾凤。④

天骥西极来，矫矫不受鞚。⑤

飞腾上台阁，废放落云梦。⑥

至宝不侵蚀，终亦老侍从。⑦

晚途迁海表，万里天宇空。⑧

岂惟骑鲸鱼，遂欲跨螮蝀。⑨

心空物莫挠，气老笔愈纵。⑩

秕糠郊祀歌，远友清庙颂。⑪

我生虽后公，妙句得吟讽。⑫

整衣拜遗像，千古尊正统。

163

【题解】

　　这首五言古诗作于淳熙四年（1177）十月，陆游当时在成都。玉局观：道观名，在今四川省成都市北。元符三年（1100），时谪儋州的苏轼遇赦，量移廉州安置，又移舒州团练副使，永州居住，复授朝奉郎、提举成都府玉局观，外州军任便居住。此诗名为拜遗像，实则囊括苏轼一生主要行迹。诗人文笔飞动，多用典故和比喻来形容苏轼的一生和诗文：写其出生，则说是仙人谪居人间；写其嘉祐年间参加科举，则说好比以珠玉进贡；写其入仕，则比作天马西来不受约束，飞腾而入台阁，虽遭到流放，但终究是宝物；写其晚年贬谪海南，则说其骑鲸鱼、跨螭蝀，文笔纵横超过郊祀歌、比肩清庙之辞。最后四句回到诗题并作结：愿尊其人为正统。全诗将苏轼神奇化，体现了苏轼在陆游心目中的崇高地位。

【注释】

　　①苏公：此指苏轼。天人：仙人。谪堕：指仙人获罪而贬谪到人间。

　　②嘉祐：宋仁宗的年号（1056—1063）。珠玉：此指诗文。包贡：进贡，此指苏轼嘉祐二年（1057）参加贡举。

　　③公车：汉代官署名。天下上事及征召等事经由此处受理。后以之代称举人应试。牍：写字的木片。

　　④律吕：古代校正乐律的器具，后指乐律或音律。谐：配合，协调。

　　⑤天骥：天马。此指苏轼。西极：西边极远之地。不受鞚：不受驾驭。鞚：带嚼子的马笼头。

　　⑥飞腾：迅速飞升。废放：废黜流放。云梦：古薮泽名。此指黄州。苏轼于元丰三年（1080）至七年（1084）间谪居黄州。苏轼《次韵杭人裴维甫》："五年云梦泽南州。"黄州在云梦泽之南，故云。

　　⑦至宝：最珍贵的宝物。侍从：元祐年间，苏轼迁翰林学士、兼侍读。

⑧晚途：晚年。迁海表：苏轼绍圣四年（1097）被贬为琼州（今海南省琼山区）别驾、昌化军（今海南省儋州市）安置。海表：海外。苏轼贬海南期间多次自称身处"海表""海外"。

⑨骑鲸鱼：喻隐遁或游仙。蝃𬟽：彩虹。

⑩纵：奔放。

⑪秕糠：秕子和糠，均属糟粕。这里将郊祀歌视为糟粕。郊祀歌：汉乐府歌曲名，用于郊祀天地。清庙：《诗·周颂》篇名，为祭祀周文王的乐章。

⑫后公：指生年晚于苏轼。公：此指苏轼。得：能够。吟讽：诵读。

南定楼遇急雨

［宋］陆游

行遍梁州到益州，今年又作度泸游。①
江山重复争供眼，风雨纵横乱入楼。②
人语朱离逢峒獠，棹歌欸乃下吴舟。③
天涯住稳归心懒，登览茫然却欲愁。④

【题解】

这首七言律诗淳熙五年（1178）四月，诗人作于泸州（今四川省泸州市）。南定楼，据陆游《老学庵笔记》卷三，泸州州治东出芙

蔡桥，有大楼曰南定。此诗诗题曰"遇急雨"，实则写雨中景色。其中颔联说江山"争供眼"，仿佛景色不是被诗人看到而是主动争相给诗人看。颈联先写此地少数民族，再念及东去的归舟，分别以"朱离""欸乃"形容声音，展示地方少数民族和渔夫的形象。在此之间，诗人似乎也怀有矛盾的心情，既想回吴中，又因久住巴蜀而没有强烈的归乡之愿，登临之际不禁茫然而忧愁。

【注释】

①度泸：指诸葛亮南征时渡过泸水（金沙江）。《三国志·蜀书·诸葛亮传》："五月渡泸，深入不毛。"

②重复：山重水复。

③朱离：古代西部民族的音乐，此指其语音。峒獠：此指泸州的少数民族。《太平寰宇记·泸州·风俗》："（獠）巢居岩谷，因险凭高。"棹歌：船歌。欸乃：象声词，此指歌声悠扬。

④登览：登高观览。

临江仙·离果州作

[宋] 陆游

鸠雨催成新绿，燕泥收尽残红。春光还与美人同。论心空眷眷，分袂却匆匆。①

只道真情易写，那知怨句难工。水流云散各西东。半廊花院月，一帽柳桥风。②

【题解】

这首词诗人于乾道八年（1172）春作于果州（今四川省南充市）。上阕写景，认为鸠鸟鸣和燕子衔泥促成节气物候的变化，由此转入对春光的描写：就像美人一样，倾心交谈时眷恋不已，分手时却匆匆离开。下阕开始抒情，一般以为穷苦之言易好、穷而后工，但词人却认为很难写好哀怨，可见这种感情的曲折复杂、一言难尽。词人最后再以意象化的偶句作结，含蓄有致。整首词景语亦情语，写景与写人相呼应，语言清丽优美，对偶工稳精妙。

【注释】

①鸠雨：下雨时节。新绿：春天草木显现的绿色。燕泥：燕子筑巢所衔的泥。残红：落花。论心：倾心交谈。眷眷：留恋的样子。分袂：分手离别。

②只道：只以为。写：摹写，描写。那知：哪知。怨句：哀怨的句子。工：工巧。柳桥：柳荫下的桥。古代常折柳赠别，故泛指送别的地方。

绿萼梅

［宋］范成大

朝罢东皇放玉鸾，霜罗薄袖绿裙单。①

贪看修竹忘归路，不管人间日暮寒。②

【作者简介】

范成大，字至能，号石湖居士，平江府（今江苏省苏州市）人。南宋名臣、诗人。宋高宗绍兴二十四年（1154）进士，历任徽州司户参军、圣政所检讨官、国史院编修、著作佐郎等职。乾道二年（1166）请祠归里，乾道三年（1167）起知处州。乾道六年（1170）出使金国，还朝后除中书舍人。乾道八年（1172），出知静江府。淳熙二年（1175），除敷文阁待制、四川制置使、知成都府。淳熙五年（1178），拜参知政事。不久落职，后起知明州，复改知建康府。淳熙九年（1182）退居石湖。绍熙四年（1193）逝世，年六十八，谥号"文穆"。范成大诗学六朝、中、晚唐，也受到江西派的影响，风格多样，尤其善于描写农村生活。著有《石湖集》《吴船录》等。

【题解】

这首七言绝句作于淳熙二年（1175）冬，范成大当时在成都。绿萼梅：萼为绿色的一种梅花。范成大《梅谱》："凡梅花跗蒂皆绛紫色，惟此纯绿，枝梗亦青，特为清高，好事者比之九嶷仙人萼绿华。"萼绿华，女仙名，见陶弘景《真诰·运象》。此诗咏绿萼梅，全用比拟手法：绿萼梅仿佛是一位女仙，朝拜完春神，放走鸾鸟来到人间；它的白花如霜罗，绿萼如绿裙；它和修竹栽种在一起，仿佛是因为喜爱观赏竹子而忘记了归路，不顾人间天寒日暮。考虑到《梅谱》中绿萼梅的"清高"，传统上修竹本身所具有的品格及其与梅花的"友谊"，在诗人看来绿萼梅仿佛是一位孤高而热爱人世的仙女，由此可见他对此花的赞美和喜爱。

【注释】

①朝：朝见。东皇：春神。玉鸾：白色的鸾鸟，此处指绿萼梅的坐骑。霜罗：白色丝织品，此处指绿萼梅的花。绿裙：此处指绿

色的萼。单：单薄。

②修竹：长长的竹子。杜甫《佳人》："天寒翠袖薄，日暮倚
修竹。"

上清宫（自青城登山，所谓最高峰也）

〔宋〕范成大

历井扪参兴未阑，丹梯通处更跻攀。①

冥濛蜀道一云气，破碎岷山千髻鬟。②

但觉星辰垂地上，不知风雨满人间。

蜗牛两角犹如梦，更说纷纷触与蛮。③

【题解】

这是一首七言律诗，淳熙四年（1177）六月，范成大奉诏离开
成都回京，归途中与友人陆游等同游青城山而作此诗。此诗首联写
登山，余下数联分别写山上俯瞰所见和感受：颔联写蜀道、岷山，
形容幻丽，比喻奇妙；颈联写感受，仿佛星斗下垂在地上，而自己
身处人间风雨之外，其实还是说山峰高峻；尾联再由此生发议论，
感慨人间那些争斗也都不值一提。此诗不仅写得瑰丽，而且体现了
高山给诗人带来的某些触动。

【注释】

①历井扪参：摸到参、井两星宿，形容山高。参、井分别为蜀秦分野。丹梯：此指高入云霄的山峰。跻攀：攀登。

②冥濛：晦暗不明。云气：云雾。此句意思是蜀道笼罩在一片云雾中，晦暗不明。破碎：割裂。髻鬟：将头发环曲束于顶的一种发式。此句意思是（云雾）隔开岷山诸峰只露出峰顶，仿佛无数髻鬟。

③蜗牛两角：指微不足道的利益。更说：岂说。纷纷：忙乱。触与蛮：指为微利而相互争斗。此二句意思是蜗角之利微不足道如梦一般，更不用说为蜗角而纷争的触、蛮二国了。

子规

[元] 曹伯启

蜀魄曾为古帝王，千声万血送年芳。①
贪夫倦听空低首，远客初闻已断肠。②
锦水春残花似雨，楚天梦觉月如霜。③
催归催得谁归去，唯有东郊农事忙。④

【作者简介】

曹伯启，字士开，砀山（今安徽省宿州市）人。累迁集贤侍读学士，御史台侍御史，为人高洁坦荡。曹伯启擅诗文，欧阳玄赞其诗"思致敏用，襟韵朗夷，临文抒志，造次天成"。著有《曹文贞公诗集》。

【题解】

子规：指杜鹃，又名蜀魄、蜀魂，相传为古蜀国望帝杜宇所化。唐李商隐有诗云："庄生晓梦迷蝴蝶，望帝春心托杜鹃。"说的就是"杜宇化鹃"的故事。本诗借蜀王化作杜鹃啼血表达思乡难归的哀愁与伤悲。

【注释】

①蜀魄：子规、杜鹃，代指蜀王杜宇。

②贪夫：贪婪的人。远客：客居他乡之人。断肠：思乡心切、愁肠百结。

③锦水春残、楚天梦觉：黯然失色的锦水春景与楚天月光。

④催归：象声词，模拟杜鹃的啼声，表达思乡难归的愁绪。

南乡子 （四川道中作）

[元] 曹伯启

蜀道古来难，数日驱驰兴已阑。石栈天梯三百尺，危栏。应被旁人画里看。①

两握不曾干，俯瞰飞流过石滩。到晚才知身是我，平安。孤馆青灯夜更寒。②

【题解】

    这首词借四川山水抒发乡愁与宦海离情。南乡子：词牌名，原唐教坊曲名，有单调、双调两体。

【注释】

    ①阑：尽。兴已阑：兴致全无。石栈：山壁上凿出的栈道如天梯垂下，如爬上天梯。三百尺：度量词，形容非常之高。危栏：意为高栏。唐李商隐《北楼》诗："此楼堪北望，轻命倚危栏。"

    ②两握：两手紧握时手掌有汗。俯瞰：站在高处往下看。孤馆：指简陋的驿站客店。青灯：光线昏暗的油灯，借指孤寂、清冷的生活。

漫兴（其四）

[元] 王冕

四川听雨化，三辅受风清。①
但淂公行道，何劳苦用兵？②
关山无阻碍，淮甸渐清平。③
闻说招民义，衔哀事远征。④

【作者简介】

    王冕，字元章，号煮石山农、食中翁、梅花屋主等。元代文学家、书法家、画家。一生痴爱梅花，主攻画梅。擅作诗，《四库全书简明目录》评其诗："冕本狂生，天才纵逸，其体排宕纵横，不可拘以常格。"著有《竹斋诗集》。

【题解】

这是王冕《漫兴》十九首五言律诗中的一首，这一组诗多反映民生疾苦，揭露统治阶级的横征暴敛和骄奢淫逸，抒写诗人放任山林的隐居生活和耿介自守的高洁情怀。

【注释】

①雨化：雨水轻轻飘洒。三辅：又称"三秦"，指西汉武帝至东汉末年期间，治理长安京畿地区的三位官员所管辖的地区京兆、左冯翊、右扶风三个地方，隋唐以后称"辅"。今将陕西省的陕南、陕北、关中并称"三秦"。风清：风轻柔而凉爽。

②行道：指推行自己的政治主张或学说。用兵：使用武力。

③关山：在今甘肃省天水市张家川回族自治县境内，因其有历史上著名的关隘而得名，它横亘于张家川东北，绵延百里，是古丝绸之路上扼陕、甘交通的要道。淮甸：淮河流域。清平：太平，清和平允。

④民义：民间义勇、民兵。衔：藏在心中的情绪。

长江万里图

［明］杨基

我家岷山更西住，正见岷江发源处。①

三巴春霖雪初消，百折千回向东去。②

江水东流万里长，人今漂泊尚他乡。③

烟波草色时牵恨，风雨猿声欲断肠。④

【作者简介】

杨基，字孟载，祖籍四川嘉州（今四川省乐山市一带），生于苏州。明朝初年为荥阳知县，后为兵部员外郎，出为山西按察使。与高启、张羽、徐贲并称为"吴中四杰"。著有《眉庵集》12卷，补遗1卷。

【题解】

这是一首题写长江的七言古诗。明朝末年徐宏祖（霞客）发现金沙江为长江上游，杨基也误以为岷江为长江上游。这首诗借岷江抒写对蜀地家乡的思念与怀想。

①更西：明代嘉州所辖各县均在岷山以南，因为作诗时诗人在长江下游，岷山在西，说"更西"意为极远。岷江发源处：指岷江上游。

②三巴：汉末刘璋改永宁郡（今巴县以东至忠县）为巴郡，以固陵（云阳、奉节等县）为巴东郡，以阆中为巴西郡，叫作"三巴"。春霖：连绵的春雨。

③漂泊：同"飘泊"，流离失所。尚：还在。他乡：异乡。

④烟波：江水有水气。牵：唤起。

送田仲茂宰入西川

[明] 桂彦良

天门传制拜新除，西入成都万里余。①
江上好风催去棹，邑中故老候来车。②
巴园五月收丹橘，丙穴三春馔白鱼。③
却忆文翁遗化在，何因公暇说诗书。④

【作者简介】

桂彦良，名德偁，号清节，明初大儒，曾任平江路学教授。著有《清节》《清溪》《山西》《桂笏》《老拙》等集。

175

【题解】

这是一首送别诗，写友人接到新的任命，即将去成都任职。诗歌充满了对未来生活的美好展望。

【注释】

①天门：古称竟陵，在今湖北省。

②棹：划船的一种工具，形状和桨差不多。邑：城市，都城。

③丹橘：橘子。丙穴：地名，在今陕西省略阳县东南。馔：酒食。白鱼：为我国特有，主要生长于云南西北部和四川邛海。

④文翁：西汉循吏，汉景帝末年为蜀郡守，兴教育、举贤能、修水利，政绩卓著。遗化：前人留下的教化。诗书：诗经和书经，泛指一切经典书籍。

送娄士璇之官四川仁寿分韵得知字

[明] 林温

见说蜀中天下奇，一官万里去何之？①
云连古栈驱车远，江绕盘涡入棹迟。②
落日秋风神禹庙，黄鹂碧草武侯祠。③
寻幽好载郫筒酒，县令相过是故知。④

【作者简介】

　　林温，字伯恭，永嘉（今浙江省温州市）人。进士，官秦府纪善。书工行草，酷似黄庭坚。著有《栗斋集》，宋景濂为之序。

【题解】

　　之官：上任，前往任所。仁寿：地名，谓有仁德而长寿。语出《论语·雍也》："知者动，仁者静，知者乐，仁者寿。"分韵：数人相约赋诗，选择若干字为韵，各人分拈，依拈得之韵作诗，谓之分韵。得知字：得"知"字韵。

【注释】

　　①一官万里：到遥远的地方任官职。

　　②栈道：在峭岩陡壁上凿孔架桥连接而成的一种通道。《战国策·秦》记载："栈道千里，通于蜀汉。"盘涡：指水旋流形成的回旋深涡。

　　③神禹庙：建在忠州临江县（今重庆市忠县）临江山崖上的大禹庙。

　　④郫筒酒：出自四川省郫都区。筒：竹筒，盛酒器具。

送周望往四川

［明］练子宁

　　骊马桥边秋水波，郎君此去意如何。①

　　衡阳雁阵惊寒早，巫峡猿啼入夜多。②

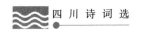

一水东来通汉沔，众山西上接岷峨。③

少陵祠宇清溪曲，为泻琼浆试一过。④

【作者简介】

练子宁，名安，今江西省峡江县人。洪武十八年（1385）进士。初授翰林修撰，后任工部侍郎，建文年间改任吏部侍郎，因痛斥燕王篡权谋位，惨遭灭族。练子宁以文学闻名，他的生前好友临江府同知王佐，收集其遗稿汇编成《金川玉屑集》5卷。

【题解】

这是一首七言送别律诗，诗人借蜀中山水名胜，抒写了对友人的恋恋不舍之情。

【注释】

①驷马桥：地名，又名升仙桥，位于成都北门高笋塘外百米的沙河上。郎君：即周望。

②衡阳雁：指衡阳回雁峰，古代北雁南飞，至此歇翅停飞栖息于此，比喻音信不通。巫峡猿啼：本意为猿猴的叫声，常被诗人在诗词中引用，抒发诗人悲伤的情感。

③汉沔：今汉江，沔水发源于甘肃省武都沮县东狼谷，向东南在汉口流入长江。岷峨：岷山和峨眉山的并称，代指四川。

④清溪曲：清澈小溪曲折环绕。南宋诗人汪莘在《浣溪沙》中有"一曲清溪绕舍流，数间茅屋正宜秋"。琼浆：用美玉制成的浆液，亦比喻美酒或甘美的浆汁。

发忠州

[明] 孙蕡

颠风翻山云黑黑，星河无光江翕翕。①

摇船夜半发忠州，漩深浪紧船欲立。②

宣公祠下滩嘈嘈，船头着水低复高。③

石棱割裂箕斗影，山鬼出杂鱼龙号。④

亦知风水莽回互，王事有程那淂顾。⑤

谁歌太白《蜀道难》，和我灵均《远游》赋。⑥

【作者简介】

孙蕡，字仲衍，号西庵先生，广东顺德人。孙蕡仪表堂堂，性格通达，从小志气不凡，乡间人尊称他为"孙先生"。孙蕡著有《通鉴前编纲目》《孝经集善》《理学训蒙》及《西庵集》《和陶集》，多佚不传。

【题解】

忠州：重庆忠县的旧称。发忠州：意为向忠州进发。

【注释】

①颠风：狂风。翁翁：水急流的声音。

②漩深浪紧：水流湍急的样子。

③嘈嘈：形容水声嘈杂。李善注引《埤苍》："嘈嘈，声众也。"

④石棱：石头锋利的棱角。箕斗：星名，即箕宿与斗宿。山鬼：出自《楚辞·九歌》，指女神，精怪，山神等。鱼龙：泛指鳞介水族。号：号叫。

⑤回互：回环交错。王事：王命差遣的公事。有程：有期限，有定额。

⑥灵均：战国时楚国文学家屈原之字。

送人之巴蜀

［明］吴文泰

烟波迢递古荆州，君去应为万里游。①

倚棹遥看湘浦月，听猿初泊渚宫秋。②

云开巫峡千峰出，路转巴江一字流。③

若见东风杨柳色，便乘春水泛归舟。④

【作者简介】

吴文泰，字文度，号康能，江苏吴县（今苏州）人。爱好诗词文章，洪武间以才被荐为涿州同知，后坐事丢官，贬谪云中。著有

《愚庵集》。《明诗综》与《明诗别裁》均收其诗。

【题解】

这首诗描写诗人去往巴蜀沿途所经地名与景色，全诗只是平实流畅地进行描述，情感不强烈，也不外露。

【注释】

①迢递：遥远。万里游：去到遥远的地方。

②湘浦、渚宫：为春秋时楚成王所建，楚王的别宫，故址在今湖北省江陵城口，后世将其作为江陵的别称。

③巴江：嘉陵江。

④杨柳：最早出自《诗·小雅·采薇》："昔我往矣，杨柳依依；今我来思，雨雪霏霏。"柳，谐音"留"，杨柳意为留恋，一到春天，柳树飞絮，很容易激起人的伤感。泛：水向四处漫流。

合州写怀

［明］梁潜

忘却儒官冷，谁为蜀道吟。①

一身犹长物，万事岂关心。②

水鸟窥鱼立，山云带雨沉。③

人生聊适意，莫受旅愁侵。④

181

【作者简介】

梁潜，字用之，号泊庵先生。洪武要举于乡，历知四会、阳江、阳春诸县。永乐元年（1403）修《太祖实录》，擢翰林修撰，代为《永乐大典》总裁。作文纵横浩瀚，风格清隽，著有《泊庵集》。

【题解】

合州：古四川合州，今重庆市合川区。

【注释】

①儒官：古代掌管学务的官员或官学教师。

②长物：原指多余的东西，后来也指像样的东西。

③窥：偷看。

④侵：侵染。

蜀中道中

［明］史谨

盘盘鸟道接峨嵋，剑阁横空北斗低。①

羁思不堪过夜半，万山深处一猿啼。②

【作者简介】

史谨，字公谨，昆山（今江苏省昆山市）人。洪武初因事谪居云南，后荐为应天府推官。辞官归故，侨居金陵，耽吟咏，工绘事，建独醉亭，卖药以维持生计，以诗画终其身。撰有《独醉亭集》3卷。

【题解】

这首诗写诗人去四川途中的所见所感，全诗营造出一种孤独、渺远的况味。

【注释】

①盘盘：曲折盘绕。

②羁思：羁旅之思。

剑阁秋阴图

［明］林鸿

分野秦封尽，山川蜀国雄。①
堑江流地底，剑阁起天中。②
栈险崖频转，萝深月不通。③
飞扬惭白帝，开辟忆蚕丛。④
气候三秋异，猿声众壑同。⑤
栋云常碍日，岩树递呼风。⑥
客路随飞鸟，乡心挂落枫。⑦
翛非旷达士，应此泣途穷。⑧

183

【作者简介】

林鸿，字子羽，福建福清县城宏（横）街人。善作诗，诗法盛唐，为"闽中十才子"之首。《四库全书总目提要》中说："况高棅尚不免庸音，鸿则时绕清韵。"林鸿著有《林鸿诗》1卷、《鸣盛词》1卷、《鸣盛集》4卷。

【题解】

剑阁：地处四川盆地北部边缘，四川、陕西、甘肃三省交界处，位于今四川省广元市西南部，守剑门天险，"剑阁峥嵘而崔嵬，一夫当关，万夫莫开"。

【注释】

①秦封：秦始皇巡游各地时给予山川、物类的封号。

②堑江：防御用的壕沟，护城河。

③萝：能爬蔓的植物。

④白帝：少昊，又名玄嚣，是中国神话中五方上帝之一的西方白帝之神。

⑤壑：深沟。

⑥栋：本意是指屋子正中最高处东西向的横木，引申为高树。

⑦落枫：飘落的枫叶。

⑧旷达：开朗，豁达，多形容人的心胸、性格。

送徐子春往四川

[明] 卢儒

千峰明月夜猿啼，雁自南来客自西。①

远近水声滩上下，周回山色路高底。②

石门驿畔沽春酒，松子矶边候晓鸡。③

回首姑苏渺何处，想应吟遍卷中题。④

【作者简介】

卢儒，字为已，号重斋，昆山（今江苏省昆山市）人。天顺初授中书舍人，博学能文，善笔札。诗词作品收于《水东日记》《列朝诗集》等。

【题解】

徐子春：卢儒友人。这一首赠别诗叙写了江南入川路途上的景观风物，抒发了诗人思念惆怅之情。

【注释】

①千峰：无数的山峰。

②滩：河滩。周回：环绕，回环。

③石门驿：地名，在今重庆市江津区西南长江北岸石门镇。沽：
买。松子矶：地名。

④姑苏：这里指作者故乡。

天峰寺

[明] 席书

天峰不居高山峰，隐在明月九莲中。①
玉堂朝霁北翔凤，涪江流水过寺东。②
峰庙因甚不在峰，墓号天子未闻龙。③
明月何时院成寺，又到哪里乘清风。

【作者简介】

席书，字文同，号元山，四川潼川州遂宁县吉祥乡（今四川省
遂宁市蓬溪县吉祥镇）人。明代学者、官员，明弘治三年（1490）
进士。历官郏县知县、河南按察司佥事、贵州提学副使、湖广巡抚，
著有《大礼集议》等。

【题解】

天峰寺，位于遂宁市北固九莲山南明月峰下，始建于唐，距今
有1100余年，传说天峰寺为佛教人物妙庄王主庙，以专修净土法门

为本。遂宁庙会有"先天峰，后白雀，再拜灵泉和广德"的敬香习俗。

【注释】

①居：建在。明月：玉堂山附近明月山的山顶有明月寺，山下有明月池、明月堰。九莲：玉堂山山下有九朵莲花，合称"九莲"。"九莲"中有九莲寺，在宋代称"九莲院"。

②玉堂朝霁："遂宁十二景"之一。霁：天气放晴，朝霞。涪江：长江支流嘉陵江右岸的最大支流，发源于岷山主峰雪宝顶。

③墓号天子：天子墓，在天峰山附近。明代时以此为南朝宋顺帝刘准遂宁陵，见陈讲《（嘉靖）潼川志》。清代后传为妙庄王墓。

眉山天下秀

[明] 周洪谟

大峨两山相对开，小峨迤逦中峨来。①
三峨之秀甲天下，何须涉海寻蓬莱？②
昔我登临彩霞表，独骑白鹤招青鸟。③
云龛石洞何参差，时遇仙人拾瑶草。④
丹崖瀑布连大河，大鹏图南不可过。⑤
昼昏雷雨起林麓，夜深星斗栖岩阿。⑥
四时青黛如绣绘，岷嶓蔡蒙实相对。⑦
昔生三苏草木枯，但愿再出三苏辈。⑧

【作者简介】

周洪谟,字尧弼,今四川省长宁县人。明正统十年（1445）进士,殿试榜眼,并授翰林院编修。周洪谟一生见闻广博,强于记忆,著述甚丰,在史学、经籍、科贡、礼文、典制等方面多有所建树。修《环宇通志》《英宗实录》《宪宗实录》。其作品《群经辨疑录》3卷,《菁斋读书录》2卷收入《四库全书》,此外还有《菁斋集》50卷、《南皋集》20卷、《叙州府志》12卷。

【题解】

这首诗气势恢宏,想象瑰丽,描绘了峨眉山如仙境般的优美景色,同时由景及人,写出了对眉山"三苏"的景仰,期待蜀中再出现像"三苏"那样才纵天下的人才。

【注释】

①大峨、小峨：峨眉山主峰突起为大峨、中峨、小峨三峰,三山相连,十分秀气。

②蓬莱：又称海上"三神山",在今山东省境内。

③青鸟：神话传说中为西王母取食传信的神鸟。

④龛：供奉佛像、神位等的小阁子。瑶草：中国神话传说中的仙草,如灵芝等。

⑤丹崖：绮丽的岩壁。大鹏图南：语出《庄子·逍遥游》："背负青天而莫之夭阏者,而后乃今将图南。"后以"图南"比喻人的志向远大。

⑥岩阿：山的曲折处。

⑦青黛：雨后草木青黑的颜色。岷嶓：岷山、嶓冢山。蔡蒙：在古梁州。

⑧三苏：宋代大文人苏洵、苏轼、苏辙三父子。

雪山天下高

［明］周洪谟

巨灵劈断昆仑山，移来刊维参井开。①

内作金城障三蜀，外立碉楼居百蛮。②

自昔蚕丛始开国，千岩万壑积寒雪。③

疑有五城十二楼，玉色玲珑界天白。④

光连银汉霏素虹，六月大暑飘寒风。⑤

俯见五岳在平地，遥窥三岛归洪蒙。⑥

【题解】

这是一首描写西岭雪山的诗歌，全诗以写景为主，气象壮美，想象奇诡，体现了周洪谟诗歌的独特风格。

【注释】

①巨灵：神话传说中劈开华山的河神。

②金城：坚固的城池。三蜀：汉初设置的行政区划，包括蜀郡、广汉郡、犍为郡。百蛮：泛指少数民族。

③蚕丛：又称蚕丛氏，古代神话传说中的蚕神，传为古蜀国首位称王的人。千岩万壑：形容山峦众多，曲折连绵，重重叠叠。

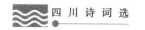

④五城十二楼：古代传说中神仙的居所，比喻仙境。

⑤银汉：银河。大暑：农历二十四节气之一。大暑期间，中国民间有饮伏茶、晒伏姜、烧伏香、喝羊肉汤等习俗。

⑥三岛：十洲三岛，道教神仙居住的地方，其传说源于战国秦汉间方士们的"三神山"说。秦汉时，相传海中有三岛，而十洲位列其中：上岛三洲，为蓬莱、方丈、瀛洲；中岛三洲，为美蓉、阆苑、瑶池；下岛三洲，为赤城、玄关、桃源。洪蒙：指天地形成前的混沌状态。

赠梁都宪巡抚四川

〔明〕王鏊

赤甲白盐雄作镇，铁冠绣斧凛先声。①
雪山已为来时重，黑水应闻去后清。②
殿上位虚中执法，边头人散小团营。③
凭谁说与苏明允，画像无烦记姓名。④

【作者简介】

王鏊，字济之，号守溪，拙叟等，江苏吴县（今苏州）人，成化十一年（1475年）进士，明代名臣、文学家。王鏊博学有识，善书法，富藏书，为弘治、正德间文体变革的先行者和楷模。他一改崇古的文学观和尚经术、去险诡的取士倾向，影响了一代文风。著有《震泽编》《震泽集》《震泽长语》《震泽纪闻》《姑苏志》等。

这是一首赠别诗。巡抚：中国明清时地方军政大员之一，又称抚台，巡视各地的军政、民政。

【注释】

①赤甲：亦作"赤岬"，山名，在今重庆市奉节县东。白盐：山名，在奉节县东。铁冠：秦汉时期，御史大夫是仅次于丞相的行政长官，主要职责是监察、执法。御史等执法者佩戴法冠，冠以铁为柱，故称铁冠。绣斧：皇帝特命钦差的服饰和所用器杖的合称，代指皇帝派出的握有生杀处置大权的钦差特使。

②雪山、黑水：代指僻远之地。

③团营：明朝自土木堡之役后，京军三大营（五军、三千、神机）损失殆尽。景泰中期，于谦从三营中选精兵十万，分十营集中操练，称为团营。

④苏明允：宋代文学家苏洵，字明允。

金华毓秀

［明］杨澄

历尽崔嵬上碧空，野烟浮霭驾鸿蒙。①
书台冷落龙吹雨，仙馆清虚鹤唳风。②
伐木但来持斧客，弈棋谁问采芝翁。③
唯应叱石成羊者，槲叶纫衣脸尚红。④

四川诗词选

【作者简介】

杨澄，字宪父，今四川省射洪县人，明成化五年（1469）进士，历官监察御史、大理寺少卿、佥都御史、两淮巡盐御史。著有《陈拾遗集》十卷并《附录》一卷、《宦辙存稿》传世。

【题解】

金华，即今射洪县金华山。因其"山贵重而华美"得名，被誉为"天下无双景，人间第一山"。前山为金华道观，后山是开初唐一代诗风的著名诗人陈子昂少年时代的读书台。

【注释】

①鸿蒙：宇宙形成前的混沌状态。

②书台：陈子昂读书台。龙吹雨：古代传说龙能兴云作雨。鹤唳风：风声鹤唳。据《晋书·谢玄传》载，符坚的溃兵听到风声鹤唳，以为是追兵呼喊，后用风声鹤唳形容疑惧恐慌。

③采芝翁：指采芝四老人，即商山四皓。秦末四位信奉黄老之学的博士：东园公唐秉、夏黄公崔广、绮里季吴实、甪（lù）里先生周术。他们不满秦政苛酷，遂隐居于商山。后人用"商山四皓"来泛指隐士。

④叱石成羊：据葛洪《神仙传》载："黄初平牧羊。有道士见其有良谨，便将引至金华山石室中，四十余年，不复念家。其兄初起寻之，问初平羊何在，曰：'近在山东耳。'初起往视之不见，但见白石而还。谓初平曰：'山东无羊也。'初平曰：'羊在耳，兄但自不见之。'初平与初起俱往看之。初平乃叱曰：'羊起！'于是白石皆变为羊数万头。"然《神仙传》所记金华山为浙江金华山，杨澄误为射洪金华山。櫛：一种落叶乔木。纫：缝，连缀。

宿金沙江

[明] 杨慎

注年曾向嘉陵宿，驿楼东畔阑干曲。①

江声彻夜搅离愁，月色中天照幽独。②

岂意飘零瘴海头，嘉陵回首转悠悠。③

江声月色那堪说，肠断金沙万里楼。④

【作者简介】

杨慎，字用修，四川新都（今成都市新都区）人，明代著名文学家，东阁大学士杨廷和之子。世宗上疏议大礼，两被廷杖，谪戍云南永昌（今保山市）。投荒三十多年，世宗嘉靖三十八年（1559年）死于戍所。杨慎擅文、诗、词、曲、赋、铭等多种文学体裁，著作达两百余种，为明代博学宏才第一人，明代三才子（杨慎、解缙、徐渭）之首。后人将其著作辑为《升庵集》。

【题解】

此诗大概作于明嘉靖四年（1525），杨慎从贬谪地云南回四川省亲，第一次渡过金沙江。在金沙江巡检司衙门借宿，入夜听金沙江波涛滚滚，难以入眠，遂于案头吟出了《宿金沙江》。以今非昔比的

羁旅思绪之对照，慨叹境遇，怀思离愁。

【注释】

①嘉陵：江名，是长江上游的一条重要支流，发源于秦岭，到重庆注入长江。驿楼：住宿的地方，这里指金沙江巡检司衙门的房子。

②幽独：一个人，杨慎自称。

③瘴海：指云南瘴气之地。据《永昌郡传》记载："郡东北八十里泸仓津有瘴气，人遇之则闷乱。"

④万里楼：驿楼名。

锦津舟中对酒别刘善充

〔明〕杨慎

锦江烟水星桥渡，惜别愁攀江上树。①

青青杨柳故乡遥，渺渺证人大荒古。②

苏武匈奴十九年，谁传书札上林边。③

北风胡马南枝鸟，肠断当筵蜀国弦。④

【题解】

杨慎将赴戍地，友人刘善充送别他，他作诗赠别。锦津：锦江渡口，在今成都东门外安顺桥头，俗称南河口（大安横街和大安正街间的转弯处）。

①星桥：原成都市西南两江上有七星桥，分别是直西门冲治桥、西南石牛门市桥、城南江桥（今城内，故渎上）、南渡锦江上万里桥（今南门大桥）、西上夷里桥、上笮桥、冲治桥西出折为长升桥。传说是李冰所造，上应七星，故名。

②征人：杨慎自称。大荒：指云南戍所。

③札：木简。

④北风：《古诗十九首》有"胡马依北风，越鸟巢南枝"一句，意为鸟兽都思念故乡，用以自比。当筵：在筵席上。蜀国弦：乐府相和歌辞四弦曲名，与《蜀道难》相似，写蜀道铜梁玉垒的险阻。

送余学官归罗江

［明］杨慎

豆子山，打瓦鼓。①

阳坪关，撒白雨。②

白雨下，娶龙女。③

织得绢，二丈五。

一半属罗江，一半属玄武。④

我诵绵州歌，思乡心独苦。⑤

送君归，罗江浦。⑥

【题解】

这是一首仿民歌调子所写的送别诗。罗江：今四川省德阳市罗江镇。余学官：号九厓，为云南督学，罗江人。

【注释】

①豆子山：在今四川省罗江县东北，交中江县界。

②阳坪关：在今四川省中江县西北三十里，旧志称阳平镇。坪：一作"平"。撒白雨：形容雨点很大。

③娶龙女：元杂剧《张羽煮海》写张羽与龙女琼莲的婚姻事，也许是由这首古巴歌传说演变而来。

④古代罗江县与中江县间河道可通舟楫，北周玄武郡伍城县，隋改为玄武县，即今中江县。

⑤以上十句即为绵州歌，旧称巴歌。罗江属绵州。

⑥浦：水边。

临江仙（滚滚长江东逝水）

［明］杨慎

滚滚长江东逝水，浪花淘尽英雄。①

是非成败转头空。青山依旧在，几度夕阳红。②

白发渔樵江渚上，惯看秋月春风。③

一壶浊酒喜相逢。古今多少事，都付笑谈中。④

【题解】

据传此诗作于1524年，杨慎被廷杖后发配到云南充军，途经湖北江陵时，遇到一名渔夫和一名樵夫在江边煮鱼喝酒，谈笑风生，杨慎心生感慨，请军士找来纸笔，写下了这首《临江仙》。这是一首咏史词，诗人借叙述历史兴亡抒发人生际遇，感慨世事无常，人生如梦。

【注释】

①淘尽：荡涤一空。

②空：成空，消逝。

③江渚：原意为水中的小块陆地，此处意为江岸边。秋月春风：秋夜的月，春日的风，指美好的时光。语出唐代白居易《琵琶引》："今年欢笑复明年，秋月春风等闲度。"

④浊酒：指未滤的酒，用糯米、黄米等酿制的酒，较混浊，相对于清酒而言的酒类。付：交给。

武侯庙

[明] 杨慎

剑江春水绿沄沄，五丈原头日又曛。①
旧业未能归后主，大星先已落前军。②
南阳祠宇空秋草，西蜀关山隔暮云。③
正统不惭传万古，莫将成败论三分。④

197

【题解】

沈德潜《明诗别裁》说古来关于武侯庙的诗作，以这首为最好，又有人说杨慎录元人之旧作。今陕西省勉县东南亦有武侯庙，此诗所写应为成都武侯祠。

【注释】

①剑江：《水经注》卷二十："小剑水西南出剑谷，东北流迳其戍下，入清水，清水又东南注白水。"剑江指此。沄沄：水旋转而流。五丈原：在陕西省郿县西南。诸葛亮曾六出祁山，北伐中原，与魏将司马懿对峙百余天后死于五丈原军中。曛：日落时的辉光。

②旧业：指先主所创之业。大星：旧时认为世上一个人，对应着天上一颗星，星落便意味着人将死去。《晋阳秋》载，有星赤而芒角，自东北西南流，投于（诸葛）亮营，不久亮死。前军：前营。

③空秋草：指诸葛亮已死。

④正统：晋朝习凿齿著《汉晋春秋》，以蜀为正统。三分：指魏、蜀、吴。

游灵泉寺此地有席司谏读书处感怀兴悼

［明］杨慎

司谏幽栖地，空门岁月深。①
泉台埋玉树，灵境闭仙音。②
逝水兴三叹，游山废九吟。③
风湍何寂寞，松柏自萧森。④

【题解】

　　灵泉寺位于四川省遂宁市灵泉山,与广德寺隔涪江相望。山间有一泉,色碧味甘,终年不溢不涸,名曰"灵泉"。席司谏:指席象,字材同,号梅山,明代四川遂宁著名的席氏三兄弟之一,席书、席春、席象兄弟三人,号称"三凤",又称"遂宁三席"。席象早年读书于灵泉寺内梅山书屋。

【注释】

　　①司谏:官名,掌道德教导,发现民间堪任国事的人才,并考核乡里治绩。幽栖:幽僻的栖息之处。

　　②仙音:仙人奏出的美妙音乐。

　　③三叹:《荀子·礼论》:"清庙之歌,一唱而三叹也。"意思是一个人唱歌,三个人相和。后多用来形容音乐、诗文优美。

　　④萧森:阴森,草木茂密。语出北魏杨炫之《洛阳伽蓝记·平等寺》:"堂宇宏美,林木萧森。"

寄外

［明］黄峨

雁飞曾不到衡阳,锦字何由寄永昌?①
三春花柳妾薄命,六诏风烟君断肠。②
曰归曰归愁岁暮,其雨其雨怨朝阳。③
相闻空有刀环约,何日金鸡下夜郎。④

【作者简介】

黄峨，字秀眉，今四川省遂宁市人，杨慎续娶妻子，明代蜀中才女、文学家。能诗词，散曲尤有名，所作有《杨夫人乐府》。杨慎戍滇，黄峨随行。杨慎父杨廷和死，黄峨和杨慎一道奔丧回四川新都。后杨慎独还所，黄峨留家中。寄杨慎诗词为人所传诵，王世贞认为杨慎答和的诗词都不如黄峨。

【题解】

这是黄峨写给丈夫杨慎的一首七言律诗。嘉靖三年（1524），杨慎因"议大礼"一案被贬谪云南永昌卫，夫妻二人分隔两地，只能互通书信以慰相思。

【注释】

①锦字：书信。永昌：今云南省西部，杨慎所戍之地。

②三春：指孟春、仲春、季春，即旧历正月、二月、三月。花柳：喻女子。妾：古代妇女自称。六诏：西南彝族称王为诏，其先有渠帅六，所以称六诏，在今四川、云南交界地。风烟：犹风云。君：称杨慎。

③日归：《诗·小雅·采薇》："曰归曰归，岁亦莫止。"本说岁晚才得归。愁岁暮：忧愁岁晚仍不得归乡。其雨：《诗·卫风·伯兮》："其雨其雨，杲杲日出。"此句是说快要下雨，太阳又出来了。喻说丈夫的信将来，却又不来。

④相闻：相互告知。刀环约：源出典故"刀环有约"，环，谐音"还"，喻思乡之情。金鸡：北齐赦罪日，武库令设金鸡和鼓于阊阖门外，集合囚徒，击鼓千声，开释枷锁。夜郎：今贵州省桐梓东，意指僻远之地。

从军行寄赠杨用修

[明] 皇甫汸

思文际圣君，稽古萃群辟。①

子云侍承明，胡为去荒域。②

被命事犀渠，差胜下蚕室。③

愤志酬八书，荣名重三策。④

丁年子卿嗟，皓首仲升泣。⑤

看鸢穷瘴烟，放鸡定何日。⑥

业既违操瓠，勋还期裹革。⑦

五月行渡泸，千里望巴国。⑧

泸水向东流，巴云忽西匿。⑨

相思持寸心，愿附双飞翼。⑩

【作者简介】

皇甫汸，明嘉靖时长洲（今江苏省苏州市）人，字子循，号百泉、百泉子。嘉靖八年（1529）进士，历工部郎中、南京吏部郎中、谪开州（今重庆市开州区）、处州同知。升云南按察司佥事，以计典论黜。与兄皇甫冲、涍、濂都有文名，人称"皇甫四杰"。著有《长

201

洲艺文志》24卷、《百泉子绪论》《解颐新语》《皇甫司勋集》等。辑有《玉涵堂诗选》《忠义拾遗》《白洛原遗稿》等。

【题解】

这是一首五言乐府诗,是皇甫汸在开州任同知时送杨慎入滇所作。《从军行》为乐府《相和歌·平调曲》旧题,多写军旅生活。

【注释】

①思文:《诗·周颂·思文》:"思文后稷。"圣君:指明朝皇帝。际:遭逢。稽古:考古。萃:会聚。群辟:指诸侯良臣。

②子云:指西汉扬雄。胡为:为什么。去:往。荒域:指云南。

③被命:受命。犀渠:犀牛一类的兽,滇南盛产。事犀渠:与犀渠为伍。差胜:较胜。下蚕室:指西汉司马迁受腐刑。蚕室:受腐刑所居温密的屋子。

④愤志:司马迁作《史记》,其中有八书,这里用以代表《史记》。酬:偿愿。三策:董仲舒上《天人三策》。董仲舒以贤良对天人三策,为武帝所赏识,任为江都相。后用为典故,借指经世良谋。这里说杨慎上疏名重如董仲舒。

⑤丁年:丁壮之年。子卿:指西汉苏武。嗟:叹声。仲升:指东汉班超。

⑥瘴烟:瘴毒,指云南戍所。

⑦业既:杨慎本为翰林修撰、经筵讲官,理应操觚,而现在却违本业了。觚:音"孤"。勋:功勋。

⑧泸:雅砻江,入金沙江,其地在今四川省攀枝花市北。巴国:指开州。

⑨匿:藏匿。

⑩持寸心:表竭诚之意。

凌云寺

[明] 安磐

金身谁凿与云齐？闻道韦皋镇蜀时。①
绀殿千层零落尽，寺前唯有放生碑。②

【作者简介】

安磐，字公石，又字松溪，号颐山。明弘治十八年（1505）进士，改庶吉士。与程启充、彭汝实、徐文华同为嘉定人，时称嘉定四谏。能作诗，《旧峨山志》称其"撒手为盐，翻水成调"。著有《颐山集》《颐山诗话》《易慵奏义草》和《游峨集》等。

【题解】

凌云寺在今四川省乐山市凌云山上，九峰环抱，寺宇辉煌。因为是乐山大佛所在地，所以又称大佛寺。

【注释】

①金身：装金的佛像。韦皋镇蜀：蜀地在唐"安史之乱"后的经济地位十分重要，成为唐室根本，韦皋通过"服南诏，抗吐蕃"、发展交通、巩固经济等措施，励精图治，解除边患，稳定唐室在蜀川的统治，为蜀地在中唐后得以继续发展做出了贡献。

②绀殿：指佛寺。

凌云寺

[明] 李时华

莲身凭岸起，鹫岭倚云开。①
月渡青衣水，烟沉尔雅台。②
松树迎吹入，江浪戴天回。③
何处菩提树，移来胜地栽。④

【作者简介】

李时华，字芳麓，明朝贵州贵阳人。明神宗万历十年（1582）举人。累官监察御史。奉朝廷命，巡行四川、河南、广东等地。

【题解】

这首诗可与安磐《凌云寺》相互参照。

【注释】

①莲身：佛像。鹫岭：佛寺。

②青衣水：今青衣江，岷江支流的大渡河支流，主源为宝兴河，发源于邛崃山脉巴朗山与夹金山之间的蜀西营，流经宝兴，在飞仙关处与天全河、荥经河汇合后，始称青衣江，再经雅安、洪雅、夹

江于乐山草鞋渡汇入大渡河。尔雅台：是晋代文学家郭璞注释《尔雅》的地方。

③载：承载。

④菩提树：传说在两千多年前，佛祖释迦牟尼是在菩提树下修成正果的，佛教信徒将菩提树视为"神圣之树"。胜地：制胜的地位、形势。

送谢武选少安犒师固原因还蜀会兄葬

[明] 谢榛

天书早下促星轺，二月关河冻欲消。①
白首应怜班定远，黄金先赐霍嫖姚。②
秦云晓度三川水，蜀道春通万里桥。③
一对邮筒肠欲断，鹡鸰原上草萧萧。④

【作者简介】

谢榛，字茂秦，号四溟山人、脱屣山人，明代布衣诗人。嘉靖年间，挟诗卷游京师，与李攀龙、王世贞等结诗社，为"后七子"之一。倡导为诗模拟盛唐，主张"选李杜十四家之最者，熟读之以夺神气，歌咏之以求声调，玩味之以裒精华"。其诗以律句绝句见长，功力深厚，句响字稳。著有《四溟诗话》。

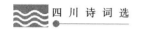

【题解】

　　谢少安，名东山，今四川省射洪县人，世宗时进士。时谢少安任兵部武选司职。固原：今宁夏回族自治区原州区，谢少安乘犒师之便回四川参加兄长葬礼。全诗按题意逐层写去，前半固原犒师，后半还蜀会葬。

【注释】

　　①天书：皇帝的诏书。星轺：皇帝使者所乘的车。

　　②班定远：班超。班超在西域三十余载，年七十一才回朝廷。霍嫖姚：霍去病。

　　③秦：陕西地。三川：指陕南、四川之地的河流。万里桥：即今成都市南门大桥，蜀汉时费祎使吴，诸葛亮到此桥饯送，费祎说："万里之行，始于此桥。"

　　④郫筒：郫都区的人们用大竹为筒盛酒，称郫筒酒。鹡鸰：音"脊令"，水鸟飞到原上，飞鸣求其类，如兄弟之于急难。草萧萧：草因风吹摇动，写墓园的景物。

送僧天竺造经还蜀

［明］殷迈

峨眉山下说经台，上有优昙拂曙开。①

莫把金钱认黄叶，等闲无复野狐来。②

【作者简介】

殷迈，字时训，号秋溟，又号白野，直隶南京人。嘉靖二十年（1541）进士，授户部主事，历江西参政、南京太常寺卿。万历初年，升南京礼部右侍郎，管国子监祭酒事。

【题解】

造经：指释迦牟尼去世后，某些僧人托释迦牟尼之口写作的一些教理经典。

【注释】

①优昙：昙花，比喻美好易逝的事物或景象。

②野狐：中国民间传说中的邪恶狐狸精的总称。

峨眉山营作

[明] 张佳胤

戎马东防后，寒川落木时。^①

镝鸣惊雉兔，霜重湿旌旗。^②

梦里江湖隔，行间冀发知。^③

不应询此地，亦唤作峨眉。^④

【作者简介】

张佳胤，避雍正帝讳，又作佳印、佳允，字肖甫、肖夫，号崛嵫山人。重庆府铜梁县（今重庆市铜梁区）人。嘉靖二十九年（1550）进士，明代大臣、文学家，官至兵部尚书，授太子太保衔。张佳胤工诗文，为明文坛"嘉靖后五子"之一，著有《崛嵫集》。

【题解】

这首诗描写了诗人在冬天的军营的所见所感，将寒冷的军营想象成峨眉家乡，以慰藉内心的孤独与思乡之情。

【注释】

①戎马：指从事征战生活的经历。寒川：寒冷的河流。

②镝鸣：军号声。雉兔：野鸡和野兔。旌旗：战旗。

③行间：行伍中，军中。因身任塞上军营中，故与江湖相隔。作者这时已入中年，鬓发当已花白。

④询：打探。

草桥即席寄以腾

[明] 靳学颜

旧国春深草似烟，年年此际对离筵。①

才闻柳外歌三叠，已识尊前路五千。②

剑阁啼猿梅雨夜，锦江驻马麦秋天。③

从今莫问西来雁，纵有风翰不到川。④

【作者简介】

靳学颜，字子愚。嘉靖十四年（1535）进士，授南阳推官，累官至左少宰，以清廉著称。著作颇多，有《两城集》20卷行于世。

【题解】

草桥：在今成都。即席：当场、当座，就座入席。语出《仪礼·士冠礼》："筮人许诺，右还，即席，坐西面。"

【注释】

①离筵：饯别的宴席。

②三叠：古奏曲之法。尊：樽。

③驻马：使马停下不走。

④风翰：风波。

巴女词

［明］谢遴

巴川积水极岷峨，巴女明妆艳绮罗。①

为语秋江风浪急，断肠休唱《木兰歌》。②

【作者简介】

谢遴，字彙先，江西省宜兴市人。

【题解】

这首七言绝句是诗人模仿竹枝词所作。明朝巴州在今四川省巴中市。

【注释】

①巴川：巴水上游有东、西二河，东河一名宕水，源出陕西镇巴县西北大巴山；西河一名诺水，源出陕西南郑县米仓山，入四川后合流，至巴中市东南，会南江水为巴江。南流为渠江，与嘉陵江合流入长江。巴女：巴川上的女子。明妆：明丽的妆饰。绮罗：绫罗。

②木兰歌：词牌名。

明月寺

［明］吕大器

春云又到旧嵩邱，蓑笠重看续胜游。①

般若山前僧已老，清风桥下水空流。②

屠龙犹有当年枝，咒虎能忘此日忧。③

倚杖晴峦一帐望，大江难尽古今愁。④

【作者简介】

吕大器，字俨若，号东川，今四川省遂宁市人。崇祯元年（1628）

210

进士，历任史部稽勋主事、陕西关南道参议、史部左侍郎、文渊阁大学士、武英殿大学士。吕大器工诗，尤擅五言。邓汉议论大器诗"思精而语丽"。著有《抚甘督楚疏稿》《东川文集》《东川诗集》《塞上草》等。

【题解】

明月寺：在今四川省遂宁市船山区北固乡明月山顶，崇祯十年（1637）为李自成所焚。

【注释】

①嵩邱：嵩丘。

②般若：梵语 Prajna 的音译。又译作"波若""钵若""班若""般罗若"等，意为"终极智慧""辨识智慧"。专指如实认知一切事物和万物本源的智慧。

③屠龙、咒虎：指英雄豪气。

④倚杖：靠着拐杖站着。

荆门野望

[明] 钱希言

滔滔江汉引溦茫，川路西来蜀道长。①

象齿旧通周贡赋，蚕丛新叛汉衣裳。②

雨消青草湖头瘴，叶落黄陵庙里霜。③

十二碧峰看不见，空令神女怨高唐。④

211

【作者简介】

钱希言，字简栖，江苏吴县（一作常熟）人。明代文学家、小说家。博览好学，刻意为诗。著有《狯园》16卷，皆记当时神怪之事；又有《戏瑕》3卷，《剑荚》27卷，以及《辽志》《桐薪》《听滥志》等传世。

【题解】

荆门：在今湖北省。野望：看山野秋景。

【注释】

①江汉：江水。川路：水路。

②象齿：象牙。

③瘴：有毒的气体。黄陵：黄帝的陵庙。

④十二碧峰：巫峡的十二峰，峰名分别为：望霞、翠屏、朝云、松峦、集仙、聚鹤、净坛、上升、起云、飞凤、登龙、圣泉。神女、高唐：指《神女赋》《高唐赋》，为战国时期辞赋家宋玉所作。

朝天峡

[明] 费密

一过朝天峡，巴山断入秦。①

大江流汉水，孤艇接残春。②

暮色愁过客，风光惑榜人。③

明年在何处？杯酒慰艰辛。④

　　费密，字此度，明清之际学者，四川新繁人。青年时期被称为"西南三子"（费密、吕潜、唐甄）之一，曾组织武装对抗张献忠的农民起义，失败后流寓于扬州、泰州一带，著书终身。费密一生颇具传奇色彩，他曾亲历后戈，抵御动乱，可称一方豪杰，但也曾屡次为贼敌所擒，九死一生。他事父母至孝，以儒传世，却又淡泊名利，无意仕进。思想驳杂，佛、道、医兼于一身。费密工诗、古文，著有《弘道书》10卷、《中传正纪》120卷、《圣门旧章》24卷，自著诗、古文、词等22卷，现存《燕峰诗钞》300余首。

【题解】

　　朝天关在四川省广元市北朝天岭上，山高路险，关下为峡，岸各百丈。左右屹立，江流其中，为入蜀第一扼塞，今其地为朝天驿。

【注释】

　　①朝天峡：由陕入蜀的第一要塞。

　　②汉水：源出陕西省宁强县北嶓冢山。孤艇：孤舟。

　　③过客：行人。榜人：船夫。

　　④明年：第二年。

过成都草堂寺

[明] 费密

西川文献久代离，重拜先朝杜拾遗。①

渺渺大江青草合，迢迢高阁白云吹。②

公伶故国应呼我，我访遗文更向谁。③

二十年来思避席，一灯相对喜还悲。④

【题解】

费密诗作较多歌咏蜀中山水并借以抒怀，也借歌咏蜀中人文物事来抒发自己的感慨，如《过成都草堂寺》。这首诗气势宏大、意味深远，体现了费密忧国忧民的情怀。

【注释】

①西川：757年，唐朝将原来的剑南节度使分为剑南东川节度使和剑南西川节度使，剑南东川简称"东川"，剑南西川则简称"西川"。宋代又设置了西川路，从此，"西川"一词便为人们所熟知。伬离：夫妻离散，特指妻子被遗弃而离去，语出《诗·王风·中谷有蓷》："有女伬离。"郑玄注：有女遇凶年而见弃，与其君子别离。

②渺渺：形容悠远、久远。迢迢：形容遥远。

③故国：指中原大地。遗文：杜甫遗留后世的诗文。

④避席：古人席地而坐，离席起立，以示敬意。

汉昭烈

［明］吴骐

名儒卢郑久周旋，正值黄星受命年。①

龙种已移三统历，蚕丛还辟半隅天。②

金瓯付诧耕莘佐，玉几弥留顾命篇。③

一代英雄生死际，铜台遗令最堪怜。④

【作者简介】

吴骐，字日千，江苏华亭（今上海市松江区）人，幼有"神童"之誉，读书过目成诵，崇祯诸生，入清不仕。

【题解】

这是一首咏史诗，刘备死后谥为昭烈皇帝，吴骐诗中体现对刘备的崇敬和对曹操的贬抑。末尾发出"铜台遗令最堪怜"的感慨，认为刘备乃真英雄，人格远在曹操之上。

【注释】

①名儒：汉卢植、郑玄从学于扶风马融，为当时名儒。刘备十五岁时，从本地（涿州）卢植学。黄星：东汉桓帝时有黄星见于楚

宋之分。受命：受天命。

②龙种：皇帝。三统：西汉末年，刘歆考定律历，著《三统历谱》。蚕丛：古蜀王。半隅天：半壁河山。

③金瓯：比喻国家巩固。瓯：盆盂。几：凭几。几长五尺，长二尺，高一尺二寸。

④生死际：指临终时。铜台：指铜雀台，在今河北省临漳县西南。三国时期，曹操击败袁绍后营建邺都，修建了铜雀、金凤、冰井三台，即史书中的"邺三台"。遗令：东汉献帝建安二十五年（220）春，曹操死于洛阳，年六十六，临终前颁布《遗令》。

诗

[明] 董养河

乱泾花深杳不分，搅人离思日如焚。①
斜横雁影清江月，暗送梅魂断陇云。②
玄圃夜光空落落，青城瑶草自纷纷。③
英雄难死仙难觅，杨树悲风岂可闻。④

【作者简介】

董养河，字叔会，闽县（今福建省福州市）琅岐镇下岐村人。董廷钦第四子，少负殊质，带粮入鼓山闭户攻读经史。明崇祯十五年（1642），以岁贡特赐进士，授工部司务。著有《西曹秋思集》。

【题解】

这首诗意境优美，暗含离思。

【注释】

①杳：表示太阳落在树木下，天色已昏暗。

②陇云：田垄上的云。

③玄圃：又称县圃、平圃、元圃，是神话传说中的"黄帝之园"，昆仑山顶的神仙居处、黄帝之下都。

④杨树悲风：白杨为劲风所吹，发出萧萧的哀鸣，肃杀的秋意让人伤悲。东汉《古诗十九首》有诗句："白杨多悲风，萧萧愁杀人！"

蜀中

〔清〕陈恭尹

子规啼罢客天涯，蜀道如天古所嗟。①
诸葛威灵存八阵，汉朝终始在三巴。②
通牛峡路连云栈，如马瞿唐走浪花。③
拟酹昔贤鱼水地，海棠开遍野人家。④

【作者简介】

陈恭尹，字元孝，初号半峰，晚号独漉子，又号罗浮布衣，汉

族，广东顺德县（今佛山市顺德区）龙山乡人。著名抗清志士陈邦彦之子。清初诗人，与屈大均、梁佩兰同称"岭南三大家"。又工书法，时称清初广东第一隶书高手。著有《独漉堂全集》。

【题解】

诗中写到古蜀国、诸葛亮八阵图和汉朝的三巴，以及蜀地山水风物，充满了今昔对比的感慨。

【注释】

①嗟：嗟叹，惊叹。

②八阵：八阵图是由三国时期蜀汉丞相诸葛亮推演兵法而创设的一种阵法。最早记载于《三国志·蜀书卷五·诸葛亮传》的正文中，"推演兵法，作八阵图，咸得其要云"。

③通牛：比喻栈道狭窄。

④酹：把酒洒在地上表示祭奠或起誓。

嘉阳登舟

［清］王士禛

青衣江水碧鳞鳞，夹岸山容索笑新。①

怅望三峨九秋色，飘零万里一归人。②

亭台处处饰金粉，城郭家家绕绿苹。③

信宿嘉州如旧识，荔枝楼好对江津。④

【作者简介】

王士禛，字贻上，一字子真，号阮亭，晚号渔洋山人，雍正时避帝讳改为士正，乾隆时又改为士禛。山东省新城市（今桓台）人。清顺治十五年（1658）进士，康熙十一年（1672）官礼部主事，同年往四川督考。清为诗坛盟主，与朱彝尊并称"南朱北王"，又为"清初六家"之一，论诗倡"神韵说"。有《带经堂集》《衍波词》《渔洋山人精华录》传世。

【题解】

嘉阳：古代指嘉州，今四川省乐山市。明清后嘉阳特指嘉州之南，即今犍为县与五通桥区。

诗人康熙年间曾典四川乡试，事毕舟行出蜀过嘉州。十月初二日渡江，登凌云寺观大佛，饮于亭，又过乌尤山，晚抵犍为。是日得诗多首，此为其一。

【注释】

①青衣江：岷江支流的大渡河支流。青衣江在魏晋南北朝以前名叫青衣水，又称沫水，以青衣羌国而得名。夹岸：夹青衣江的两岸，有地名夹江。

②三峨：指峨眉山系中的第三峰三峨山，也称美女峰，在乐山市沙湾区城南 6 公里处。

③金粉、绿苹：指金碧辉煌、绿萍围绕的嘉阳美景。

④荔枝楼：据《乐山县志》载，荔枝楼即会江门城楼，王渔洋诗"侧生一树会江门"，楼之门以此为名。江津：江渡口。

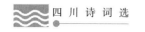

晚渡平羌江步上凌云绝顶

[清] 王士禛

真作凌云载酒游,汉嘉奇绝冠西川。①

九峰向日吟江叶,三水通潮抱郡楼。②

山自涪翁亭畔好,泉从古佛髻中流。③

东坡老去方思蜀,不愿人间万户侯。④

【题解】

诗人康熙年间曾典四川乡试,事毕舟行出蜀过嘉州。十月初二渡江,登凌云寺观大佛,饮于亭,又过乌尤山,晚抵犍为。是日得诗多首,此为其一。平羌江:今青衣江,是岷江支流的一段水路的古称,由峨眉山东流至乐山入岷江。凌云绝顶:凌云山最高峰,位于四川省乐山市南,大佛坐落于凌云山上。凌云山遥峙峨眉,俯临三江,峰峦叠嶂,山顶险峻,九峰峥嵘,气势磅礴。

【注释】

①汉嘉:嘉州,今四川省乐山市,四川盆地西南部的岷江、大渡河、青衣江交汇处。冠西州:凌云山茂修竹终年葱茏,丹崖峭壁四时秀色可揽。山下三江会聚,碧浪滔滔,游船破浪,水光接天,

自古有西南山水之冠的美誉。

②九峰：凌云山有九峰。三水通潮：指岷江、大渡河、青衣江三江潮涌，汇聚在凌云山大佛脚下。

③涪翁亭：以宋朝黄庭坚别号"涪翁"命名的亭子，出自黄庭坚《题涪翁亭》："清音妙绝东坡老，方响名高太史公。水绕乌尤谈笑外，江连洪雅画图中。"古佛：乐山凌云山大佛。髻（jì）中流：大佛石刻头顶上雕刻的卷发，有泉水从中而出。

④万户侯：见苏轼《送张嘉州》诗："少年不愿万户侯，亦不愿识韩荆州。颇愿身为汉嘉守，载酒时作凌云游。"

广元舟中闻棹歌

〔清〕王士禛

江上渝歌几处闻，孤舟日暮雨纷纷。①
歌声渐过乌奴云，九十九峰多白云。②

【题解】

这首诗描写诗人坐船沿嘉陵江经过广元市乌龙山时，听到棹歌，看到高峰险壁、白云暮雨的情景。棹（zhào）歌：船工号子歌。

【注释】

①渝歌：川北渝水一带的民歌。渝水，今重庆市合川区以下一

221

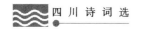

段嘉陵江与渠江的合流区域。

②乌奴：古山名，又名乌龙山，位于四川省广元市西嘉陵江边。乾隆《广元县志》记："乌奴山，县城河西二里，嘉陵江岸，峭壁如削。"晋宋年间氐族李乌奴据此，因名。

鹅溪

〔清〕王士禛

剩水残山只益愁，梓州荒绝接隆州。①
眼明今日盐亭路，十里鹅溪碧玉流。②

【题解】

这首诗前两句说往事，第三句则点明今事，表达了诗人对时光、美景不驻的伤感。鹅溪：今四川省绵阳市盐亭县西北，以产绢著名。

【注释】

①益：增加。梓州：古州名，名出自梓潼水，今四川省绵阳市三台县。隆州：亦称阆州，今四川省阆中市新城的旁边，位于嘉陵江中游地区，两千多年来为巴蜀要塞，有"阆苑仙境""阆中天下稀"之美誉。

②盐亭：今四川省绵阳市盐亭县东南部，是黄帝元妃嫘祖故里，古鄹国的盐场所在地。

天柱山绝顶望见岷山作

[清] 王士禛

鞍马众峰头，苍茫万里收。①

岷山横塞出，灌口接天流。②

要害三城戍，边防八月秋。③

大荒飞鸟外，眼底尽姚州。④

【题解】

诗人登上天柱山顶，望见岷山水系和边防要塞，写出苍茫荒远之感。天柱山：据《元和郡县志》卷三十四，天柱山，一名覆船山，在梓州玄武县（今中江县）西南四十里。山上有峰如柱，故名。岷山：自甘肃省南部延伸至四川省西北部的山脉，主峰雪宝顶位于四川省松潘县境内，海拔5588米，为长江、黄河分水岭，岷江、嘉陵江支流发源地。

【注释】

①这两句意思是站在山顶，所见众峰，万里苍茫风光尽收眼底。

②灌口：灌县，即今都江堰市，位于成都平原西北部，这里指岷江水流入接口之处。

223

③三城戍：当时因受吐蕃侵扰，曾在松州（今松潘县）、维州（今理县）、保州（今理县新保关）三城设戍防卫。杜甫在草堂作有《西山三首》："辛苦三城戍，长防万里秋。"

④大荒：极远及荒芜之境。姚州：指姚州道督区，这里比喻所望尽头几乎到了姚州道所属的云川地区，形容山顶所见之高远。

夹江道中二首 （其一）

[清] 王士禛

沉黎东上古犍为，红树苍藤竹亚枝。①
骑马青衣江畔路，一天风雨望峨眉。②

【题解】

这是诗人康熙二十九年（1690）从雅安，经夹江、乐山，往犍为时，在嘉阳驿路上吟咏一路景色的诗句。夹江：在今四川省西南部乐山市夹江县，位于沉黎（今雅安）和犍为之间。县城在青衣江边，因城西北有"两山对峙，一水中流"的自然胜景而得名。

【注释】

①沉黎：西汉时设置的郡，辖今雅安的大部分地区，在乐山西南，故云"东上"。古犍为：犍为县，隶属四川省乐山市，是乐山市第一大县。红树：枫树。竹亚枝："亚"同"压"。形容竹叶茂盛使

竹枝呈低垂叠压状。

②青衣江畔路：又名嘉阳驿路，东起嘉州（今乐山市）西到雅州（今雅安市），沿青衣江北岸延伸。青衣江流经峨眉山脚下。望峨眉：峨眉山位于乐山西部，其三峰如眉，风景秀丽，有"秀甲天下"之美誉。从夹江的青衣江边路上可眺望峨眉山。

成都杂诗

[清] 李调元

市桥西畔相如宅，涤器当时果有无？①
今日琴台生绿草，谁家少妇复当垆？②
校书投阁事堪哀，想见侯芭问字来。③
我欲墨池寻旧迹，县厅深闭叩难开。④
纷纷割据竟何存？天府休言控剑门。⑤
试向筹边楼上望，暮云低处李雄坟。⑥

【作者简介】

李调元，字羹堂，号雨村，别署童山蠢翁，今四川省德阳市罗江县人。清高宗乾隆进士，官至广东学政，直隶通永道。清代四川戏曲理论家、文学家、诗人，与遂宁张问陶、眉山彭端淑合称"清代蜀中三才子"。有《童山诗集》《童山文集》《雨村词话》及《剧话》《曲话》等传世，辑有《函海》等。

225

【题解】

这首诗描写成都的名流逸事，司马相如、卓文君、扬雄等名士当时的风光和足迹都随着时光流逝而烟消云散，令诗人生发出名利与胜败虚幻之感。

【注释】

①相如宅：据《太平寰宇记》："《益部耆旧传》云：'相如宅在州西笮桥百许步。'"笮桥，在今四川省成都市西南，因桥用竹索编成，故名。涤器：出自《史记·司马相如列传》："相如尽卖车骑，买一酒舍酤酒，相如自涤器于市中。"指相如在闹市中洗涤酒器。

②琴台：在四川省成都市西南浣花溪畔，相传为司马相如弹琴之所。当垆：典故出自《史记·司马相如列传》，司马相如之妻卓文君掌柜卖酒。垆：放酒坛的土墩，亦指酒店。

③校书投阁：典出《汉书》卷八十七《扬雄列传下》。扬雄时为士大夫时，曾校书天禄阁。因教过刘棻作古文奇字，恐被当作与刘棻等有牵连的人，因此在治狱使者来收捕他时，从天禄阁上投下，几乎丧命。后常代指文人无端受牵连坐罪，走投无路。侯芭：又名侯辅，西汉巨鹿人，扬雄的弟子，学习《太玄》《法言》。这两部书是扬雄仿造《易经》和《论语》而作。

④墨池：指扬雄洗笔的池子，在少城西北草玄堂内，今已不复存在。

⑤天府：指成都平原。剑门：在今四川省剑阁县内，为四川西北的门户。张载《剑阁铭》："惟蜀之门，作固作镇，是曰剑阁，壁立千仞。"这两句指天府和剑门有完全不同的地理风貌。

⑥筹边楼：位于四川省理县薛城镇，时任唐西川节度使的李德裕所建，目的在将此楼作为交际场所，与少数民族首领联络感情，期内唐朝与吐蕃在川西相安无事。筹边楼后成为各族人民厌恶战争、

热爱和平的象征。李雄：字仲俊，李特之子，原秦陇巴蜀之间的巴氏族人，十六国时期成汉开国皇帝，304 年称成都王，建元建兴，废除晋朝法律，约法七章。306 年称帝，国号"大成"（成汉），定都成都。

双桂堂

［清］李调元

留耕家世福双全，岂料人阑酒亦阑。①

仕宦从来真傀儡，家山何处望团圆。②

青蛉梦断啼鹃易，金雁魂归化鹤难。③

果有堂前双桂否？丹心丹桂定俱丹。

【题解】

诗人感慨杨慎世家虽几代为朝做官，家世显赫，仍归于残败没落。为官只能做真傀儡，而归乡之愿又难圆。但杨慎的忠贞气节实为可赞，红心定如丹桂。双桂堂：在新都区桂湖附近，为杨慎故居。传有双桂树而得名。

【注释】

①留耕：杨慎的祖父，杨廷和的父亲，杨春，号留耕，成化十七年进士，曾任行人司司正、湖广提学佥事。阑：残，尽，晚。

②家山：故乡。

③青蛉（líng）：古水名，今云南祥云东流的一段，指杨慎谪戍终老的地方云南永昌。金雁：金雁桥，代指妻黄峨所居的家乡新都区，与青蛉相对。杨慎《青蛉行寄内》："青蛉绝塞怨离居，金雁桥头几岁除。"表达杨慎长年离亲，苦居远塞，想念故乡和亲人的悲切忧愤之情。化鹤：典出晋陶潜《搜神后记》："丁令威本辽东人，学道于灵虚山，后化鹤归辽。"表达杨慎不能像丁令威那样化鹤而归，只能梦断云南的痛苦。

潼川夜泊

［清］李调元

芦荻花老扑船窗，信口巴歌不改腔。①
多谢橘亭山下月，伴人今夜宿涪江。②

【题解】

这首诗写诗人夜宿涪江时身边的景色和当地的风俗。潼川：古称梓州，宋、元、明是潼川府府治，清置三台县至今，现为四川省三台县。

【注释】

①芦荻：芦苇和荻，生于山坡草地和河岸湿地。信口：随口。巴歌：亦称巴唱、巴讴、巴人之曲，四川方言曲调。多借指鄙俗之作，谦辞。

②橘亭：典故出自杜甫《章梓州橘亭饯成都窦少尹（得凉字）》：
"秋日野亭千橘香，玉盘锦席高云凉。"涪江：因流域内绵阳在汉高
祖时称涪县而得名。

匡山谒李太白祠

[清] 李调元

太白祠前草欲芜，米颠碑迹半模糊。①
平生亦有清平调，诗到匡山一字无。②

【题解】

李调元描写李太白祠的现状，感慨自己也曾写出过有名的诗，
但到了匡山一个字也写不出来，以此向李白表达敬意。匡山：又叫
匡峰、戴天山，位于李白故里四川省江油市城西，有太白祠。

【注释】

①欲芜：快要杂草丛生了。米颠：米芾（fú）的别号，北宋著
名书画家，因其行止违世脱俗，倜傥不羁，人称"米颠"。

②清平调：李白供奉翰林时，为唐玄宗杨贵妃作《清平调》三
章，传诵至今。

嘉定舟中作

［清］张问陶

凌云西岸古嘉州，江水溅溅抱郭流。①

绿影一堆飘不去，推窗三面看乌尤。②

平羌江水绿迢遥，梦冷峨眉雪未消。③

爱看汉嘉山万叠，一山奇处一停桡。④

【作者简介】

张问陶，字仲冶，清代四川省遂宁县人，以遂宁城西有船山，故号船山，亦称老船，又自称蜀山老猿。乾隆五十五年（1790）进士，官翰林院检讨、吏部郎中、山东莱州知府，是"性灵派"三大家之一，书画大师，撰《船山诗草》《补遗》，有《船山诗文集》传世。

【题解】

诗人回川途经乐山，在船上见到凌云山、乌尤山和青衣江、岷江、大渡河水共入眼帘的如画美景，以至常停船欣赏，表达了他对嘉州山水的喜爱之情。嘉定：古称嘉州、汉嘉，都指今四川省乐山市，位于四川盆地西南部的岷江、大渡河、青衣江交汇处。

①凌云：凌云山，位于四川省乐山市，遥峙峨眉山，俯临三江。郭：指外城的墙。

②乌尤：凌云山峙其右，马鞍山居其左，乌尤山介于其中，古称青衣中峰。

③平羌江：今青衣江，是岷江支流的一段水路的古称，由峨眉山东流至乐山入岷江。迢遥：绵延渺渺长远的样子。

④桡：船桨。

月夜宿梓潼（其一）

［清］张问陶

月上潼川郭，窗明夜色闲。①
水云通故国，杯酒送残山。②
人帐连年别，天教万里还。③
喜心翻倒剧，抚枕望乡关。④

【题解】

诗人夜宿梓潼，夜晚登上潼川古城墙时，由所见月色中涪水通向故乡的静景，想到自己即将回到遂宁老家，不禁流露出喜悦和迫切的心情。梓潼：梓潼县，位于四川省绵阳市东北方。

【注释】

①潼川：古郡名，古称梓州，今指四川省绵阳市三台县。闲：安静，清静。

②水云：此指涪江水。故国：故乡，指涪江从梓潼流向诗人故乡遂宁。

③万里还：从北京回到四川长途迢迢。

④剧：剧烈，极，甚。乡关：故乡。

绵 州

[清] 张问陶

潺水依然绿，山城几易名。①

田腴知俗厚，民秀想时平。②

关拥庞侯墓，人耕汉相营。③

峰回乡路近，日暮马蹄轻。

【题解】

诗人经过绵阳时，因土地肥沃而觉风俗淳厚，因人民秀杰而念及时代太平，再看到历史古迹，想到家乡临近，觉得马蹄都变得轻快了，由此衬托出自己愉快的心情。绵州：隋置，治巴西县（今四川省绵阳市东），在成都市东北二百七十里。

【注释】

①几易名：指绵阳历史上几次改名，先后曾称为涪县、潼州、金山郡、绵州。

②田腴：田野肥沃。俗厚：民风淳厚。时平：时年太平。

③关拥庞侯墓：三国时刘备的军师庞统之墓，原名汉靖侯祠，在今四川省德阳市罗江县鹿头山白马关。

泸州

[清] 张问陶

滩平山远人潇洒，酒绿灯红水蔚蓝。①

只少风帆三五迭，更余何处让江南。

【题解】

诗人经过泸州时写下这首诗。通过对色彩、数字、人、景的描写，诗人勾画出泸州不逊于江南的风情。泸州：位于四川省东南川滇黔渝接合部，古称江阳，以酿酒美誉传世。

【注释】

①滩平：沱江平坦的大河滩。水：沱江水。

广都故城

[清] 刘沅

铁马铜驼旧恨曾，荒城遗迹尚崚嶒。①
山光两道分青琐，水色双流划绿塍。②
羽磬雕钟留古篆，金蒲赤岸瘗寒灯。③
重来懒话兴亡事，惟有江声似欲膺。

【作者简介】

刘沅，字止唐，号清阳居士，今四川省成都市双流区人。清乾隆壬子举人，授天门知县不赴。筑室讲学，创立槐轩学派，名震一时，著作甚丰，总名《槐轩全书》。

【题解】

诗人描述了家乡古都的遗迹和现在的景色，表达看破千古兴亡，唯听江声依旧的超然心境。广都故城：亦称都广，今成都市双流区华阳镇，东南四里古城村有"古城坝"之名。传为公元前7世纪开明氏鳖灵自立为蜀，号丛帝，始建。为古蜀国三都（广都、成都、新都）之一，是古蜀国农业文明的起源地之一。

【注释】

①荒城：指广都。崚嶒：高耸突兀。

②山光两道：牧马山、东山会于城东。青琐：青色的连环波纹。形容山的景光。水色双流：因牛饮江、锦江会于城南，故隋时改广都为双流。塍（chéng）：田间的土埂、小堤。

③羽磬雕钟：羽磬，传说中的瀛洲石磬，因轻而鸣，出自《穆天子传》："泽雕钟，员山静瑟，浮瀛羽磬，抚节按歌，万灵皆聚。环天者，钧天也。和，广也。"金蒲赤岸：金蒲乡赤岸里掩埋有古迹文物。瘗（yì）：掩埋，埋葬。

簇锦桥

［清］刘沅

何人更散浣溪花，分得余晖此水涯。

一簇春光真似锦，千层月彩尚流霞。

芙蓉已逐秋江老，葛陌难寻古道斜。①

多少兴亡成去浪，夕阳愁听乱吹笳。②

【题解】

这首诗前四句描写簇桥美景，后四句感慨花流水去，古迹难寻，因生兴亡之感。簇锦桥：簇桥，位于成都市武侯区西南，是古时成都西通康藏、南接滇缅的重镇，也是南方丝绸之路的第一个驿站。

自秦汉以来为蜀锦生产和丝织品及生丝贸易的繁华中心，栽桑养蚕业十分发达，今已衰败。簇：指供蚕吐丝作茧用的油菜秆、麦秆等绑成一簇簇，俗名蚕山。桥：当地有一竹索桥，后改为石拱桥。簇桥因簇与桥得名。

【注释】

①芙蓉：唐宋时成都的芙蓉繁花似锦，称蓉城；三国时因蜀锦称锦城，又说浣花溪水流江濯锦，使水呈现五光十色，艳丽似锦，故称锦城。葛陌：葛陌庙，位于四川省成都市双流区葛陌村，相传葛陌村有间葛陌庙（原名八角庙），因诸葛孔明来此住过，故名为葛陌，已不存。

②笳（jiā）：胡笳，古代西北方民族的一种吹奏乐器，似笛管，是汉代鼓乐中的主要乐器。

武侯祠

［清］何绍基

名儒开济自千秋，筹笔勤劳苦未休。①
陵墓永尊昭烈帝，祠堂偏属武乡侯。②
锦城葱郁遗踪遍，青史推崇正统留。③
一代朝廷虽小小，君臣气象近虞周。④

【作者简介】

何绍基，字子贞，号东洲，晚号蝯叟，湖南省道州（今道县）人。晚清诗人、书法家、画家。清宣宗道光十六年（1836）进士，历翰林院编修，典福建等乡试，咸丰初简四川学政，晚年主苏州等地书局。通经史，校刊《十三经注疏》，精小学金石碑版、书画。著有《东洲草堂诗·文钞》《说文段注驳正》等。

【题解】

这首诗表达了诗人对蜀汉丞相诸葛亮的敬仰之情。

【注释】

①开济：诸葛亮为三国刘备的蜀汉政权开基济业。济：渡过，帮助。天秋：天行秋肃之气，清秋。

②昭烈帝：指刘备，三国时期蜀汉开国皇帝，谥号昭烈帝。武乡侯：诸葛亮生前封"武乡侯"。

③锦城：成都，因蜀锦及芙蓉繁花似锦而得名。青史：青，指竹简；史，指历史或史书。古代在竹简上记事，成而曰杀青，后称史书为"青史"。

④虞周："虞"指上古帝虞舜，"周"指西周文王，都是史上被传为礼贤任能的明君。

宝光寺

[清] 王树桐

万绿丛中一紫关，宝光灼灼射云间。①

城头斜日低于塔，天半飞霞散入山。②

流水绕门禅性静，落花满地磬声闲。③

登楼阅遍经千卷，此外何知有世寰。④

【作者简介】

王树桐，字琴轩，湖北秭归人，生于清仁宗嘉庆年间，著有《绿明山馆诗钞》。

【题解】

这首诗前四句描写寺庙所处高峻地势，五六句形容佛门的静谧，七八句作结，抒发读经超然于世的感受。宝光寺：位于成都市新都区，是一座红墙环绕、佛塔凌空、竹树掩映的古庙。

【注释】

①紫关：同紫宫，形容宝光寺掩映在葱茏茂密的古木中。射：形容宝光寺峻峻挺拔。

②山：指宝光寺后的飞霞山。

③磬声：钟声。

④楼：藏经楼。世寰：世俗世界。

将归绵州留别岳池诸同好

〔清〕孙桐生

一载和溪作寓公，全家真类寄居虫。①

屠龙漫有胸中志，失马翻成塞上翁。②

山长头衔今日卸，英雄末路古来同。③

秋风惹我归心急，不为莼鲈为海棕。④

【作者简介】

孙桐生，字小峰（亦作筱峰），号左绵痴道人、巴西忏梦居士，今四川省绵阳市人。清文宗咸丰二年（1852）进士，授翰林院庶吉士，历任湖南安仁、安福、桃源诸县县令，永州知府等职，晚年辞官归里主讲绵州治经书院。编辑有《国朝全蜀诗钞》，著有诗集《游华蓥山诗钞》《楚游草》等。

【题解】

这首诗自嘲寄居虫般生活一年，空有才学无有用，诗人自觉英雄末路，遂有归隐故里之思。绵州：隋置，治巴西县（今四川省绵

阳市东），在成都东北二百七十里。留别：多指以诗文作纪念赠给分别的人。岳池：岳池县，隶属于四川省广安市，位于四川盆地东北部。同好：指志趣相同的人。

【注释】

①和溪：宋开禧三年（1207），升和溪镇为和溪县（治地广安岳池县新场镇）。

②屠龙：语出《庄子·列御寇》："朱泙漫学屠龙于支离益，单千金之家，三年技成，而无所用其巧。"后常比喻高超而无用的技艺，也用来指不为世所用的真才实学。失马翻成塞上翁：指"塞翁失马"之意，比喻坏事在一定条件下可以变为好事，典故出自《淮南子·人间训》。

③头衔：官衔的别称。旧时官场所用名刺，常将官衔加在姓名之上，故名。用以指职位、学衔、职称等。

④忆莼鲈：喻思乡或归隐之念。据刘义庆《世说新语·识鉴》，张季鹰辟齐王东曹掾，在洛见秋风起，因思吴中菰菜羹、鲈鱼脍，遂命驾便归。俄而齐王败，时人皆谓为见机。海棕：椰木的一种。苏辙《过任寄椰冠一首》自注："蜀中海棕即岭南椰木，但不结子耳。"

成都竹枝词

[清] 王再咸

昭烈祠前栋宇新，校书坟畔碧桃春。①
江山莫谓全无主，半属英雄半美人。②

【作者简介】

王再咸，字泽山，今四川省成都市温江区人。幼有神童之目，道光己酉拔贡，清文宗咸丰壬子举人，少喜谈兵，滞留京师二十年。著有《燕台集》《南游小草》《泽山乐府》等，皆散佚，里人辑其诗《泽山诗钞》传世。

【题解】

诗人将刘备和薛涛的遗址进行对比，发出了江山属于英雄和美人的慨叹。

【注释】

①昭烈祠：指刘备祠堂，刘备是三国时期蜀汉开国皇帝，谥昭烈帝。校书坟：指薛涛坟，字洪度，女诗人。西川节度使韦皋以"校书郎"奏，故后人称她为女校书。

②英雄：此指刘备。美人：此指薛涛。

武担山

[清] 毛瀓

武陵寺废近千年，楼阁虚空锁碧天。

石镜月明尘匣启，玉棺霜晓漆灯燃。①

巫云也自愁神女，锦水何须怨杜鹃。②

不见后来亡国恨，金牛换得蜀山川。

【作者简介】

毛瀓，字叔云，号翰丰，四川省仁寿县人。清光绪庚辰进士，历任山东定陶、历城、泰安等县知县。博览群书，长于经史，早负文誉，与华阳乔树楠并称"蜀两生"。一生著述甚多，《群经通解》《三礼博义》《秦蜀山川险要记》《齐鲁地名今释》《治河心要》等皆佚，今仅存《稚澥诗集》。

【题解】

此诗写古蜀国古迹不存，朝代更替，抒发诗人的兴亡之思。

【注释】

①石镜：武担山上蜀王妃子墓有石镜。玉棺：蜀王妃子玉棺。

②巫云、神女：原指古代中国神话传说巫山神女兴云降雨的事，后称男女欢合。这里指妃死后蜀王的愁绪。锦水：锦江。杜鹃：鸟名，传说中的古蜀国开国国王杜宇之魂所化。春末夏初，常昼夜啼鸣，其声哀切。

郫县

[清] 毛澂

绕郭林纡绿不分，筒香并舍竟无闻。①
江流似带金川雪，山势遥连瓦寺云。
卖果园邻扬子宅，种瓜人守蜀王坟。②
鹅溪亭榭摧颓甚，耆旧雕残怅夕曛。③

【题解】

郫县：今四川省成都市郫都区，川西平原腹心地带。古蜀王以郫为都邑。这首诗描写了郫都区的江山、古迹和亭榭，诗人慨叹德高望重的老者逝去。

【注释】

①郭：外城墙。纡：弯曲，绕弯。筒香：筒，郫都区郫筒镇，古蜀国杜宇建都之地，种植杜鹃花。并舍：邻舍。

②扬子宅：扬雄故宅。蜀王坟：今郫都区郫筒镇望丛祠，祭古

蜀王杜宇、鳖灵二主的帝王陵冢。

③摧颓：摧折，衰败，毁废。耆旧：德高望重。曛：落日余光，昏暗。

望叙州

[清] 毛澄

云开江转见戎州，故垒萧萧落日秋。^①

一片青山旗影里，西风吹角吊黄楼。^②

【题解】

这是一首诗人缅怀宜宾故垒和文人古迹的诗，给人以苍茫萧瑟之感。叙州：今四川省宜宾市，位于四川盆地南缘，地处川、滇、黔三省接合部，被誉为"西南半壁古戎州"，因金沙江、岷江在此汇合成长江，素有"长江第一城"之美称，自古以来是南丝绸之路的重要驿站。

【注释】

①戎州：叙州古称。梁武帝大同十年（544）平定"夷僚"置戎州，北宋徽宗政和四年（1114），改戎州为叙州。故垒：旧堡垒。萧萧：萧条，凄清。

②吊黄楼：宜宾流杯池公园育龙池旁石梁上的一座三层叠檐楼阁。清嘉庆《宜宾县志》记载："吊黄楼，叙州治北，对江，昔人为

吊唁黄庭坚建，清朝时又称东岳庙，后人仍称吊黄楼。"

咏成都二首

[清] 赵熙

其一

少城花木称公园，冬日红梅夏日莲。^①

莫向武担寻石镜，摩诃池水亦桑田。^②

其二

青羊一带野人家，稚女茅檐学煮茶。^③

笼竹绿于诸葛庙，海棠红艳放翁花。^④

【作者简介】

赵熙，号香宋，字尧生，四川省荣县人。清光绪十八年（1892）进士，官翰林院编修，转江西道监察史。民国后退居修志讲学，以诗、词、书、画、戏五绝闻名于世，后世推为"清末第一词人""四川古代最后一名大诗人"，有《香宋诗抄》《香宋词》等传世。

【题解】

此诗第一首描写成都历经千年沧海桑田，第二首描写成都今貌。在

诗人笔下，唯有寻常人家的日常生活和千年海棠依然继续讲述着成都。

【注释】

①少城：又称满城，位于成都市老城区西部，是清朝廷平定三藩之乱后为八旗兵及其家属专门修建的"城中城"，由于地处战国秦张仪修建的少城遗址上，故称"少城"。民国后建有很多达官贵人公馆和花园，风貌已改变。今只有宽窄巷子还保留着少量少城遗迹。

②武担：武担山，位于成都市北郊，上有蜀王妃子墓有石镜。今已不存。摩诃池：位于成都市天府广场和体育中心西侧，始于隋文帝时期益州刺史杨秀镇蜀，取土筑子城，取之坑因以为池，至1914年回填土而历千年已不存。池名源自唐人卢求《成都记》，胡僧见池，曰"摩诃宫毗罗"。摩诃意为大，毗罗为龙，说此池广大有龙也。

③青羊一带：成都青羊区，少城原址区域。

④竹绦（tāo）：绦同"韬"，套子。竹编的带子，竹条。诸葛庙：武侯祠，位于今成都市武侯区。放翁花：成都海棠，又称陆游花。陆游，号放翁，在成都写了很多咏海棠诗，故称"放翁花"。

宿乌尤山楼

[清] 赵熙

竹边楼阁翠重重，梦里依然旧日钟。①
千古江声流不尽，三峨秋色晚尤浓。②
清时此地吟归雁，海穴通潮蛰老龙。③
起视神州无限黑，几星残火照孤峰。④

　　这首诗作于抗战爆发前夕，诗人借景抒情，来日大难，已兆先机。乌尤山：指古离堆，相传为秦孝王时蜀郡守李冰开凿，以"避沫水之害"。原与凌云山连在一起，凌云、乌尤、马鞍三山并立江畔，统称青衣山。乌尤山介于其中，古称青衣中峰。乌尤山原称为乌牛山，传北宋诗人黄庭坚为求雅而更名。

【注释】

　　①此二句指乌尤山竹林葱茏茂密，钟声长鸣。

　　②江声：指大渡河、青衣江、岷江江水的声音。三峨：指峨眉山系中的大峨、二峨和三峨山。

　　③此二句是说三江水汇聚在山脚下，打开海穴惊动冬眠的老龙。蛰：指动物冬眠，藏起来不吃不动。

　　④神州：古时称中国为赤县神州，语出《史记·孟子荀卿列传》。

凌云夜宿

[清] 赵熙

江上唐年寺，峨眉当户看。①
僧钟呼月出，渔火照江寒。②
积想龙官闷，奇才佛像刊。③
天风海涛曲，夜夜俯雕阑。④

【题解】

这首诗是诗人夜宿凌云山时，对所见景色和感受的形象化抒写。凌云：指四川乐山凌云山。

【注释】

①唐年寺：指凌云寺，因建于唐玄宗开元初年，故称"唐年寺"。峨眉：指峨眉山。

②僧钟：凌云寺的和尚敲钟。江：指大渡河、青衣江、岷江三江。

③积：久。龙宫：传说大水的深底处有龙王，所住的宫殿为龙宫。这里形容凌云山脚下水势之大。网：通"秘"，幽深。刊：雕刻。

④雕阑：雕花或彩绘的栏杆。

嘉州

[清] 赵熙

山光蘸碧水搓蓝，秋雪芦花掩钓庵。①
画出苏稽三十里，铜河风景胜江南。②

【题解】

此诗刻画乐山如画般的景致，空灵清秀，气势高远。嘉州：今四川盆地西南部乐山市，坐落在岷江、青衣江、大渡河三江交汇处，是国家历史文化名城和风景旅游胜地。

【注释】

①芦花：芦絮，芦苇花轴上密生的白毛。钓庵：钓鱼的草屋。

②苏稽：苏稽镇，是乐山市区西部的千年古镇。铜河：大渡河的俗称，古也称沫水、金川等。

青神

[清] 赵熙

不见涪翁借景亭，小山点点隔江青。①
古今同此玻璃味，手汲空江夜堕星。②

【题解】

诗人由鄂入蜀，沿途山川风物、典章文史尽付吟咏，这首诗为其一。诗写灵秀山川的滋润，前辈乡贤的激励，清空一气，韵味悠然，显示出赵熙诗歌的艺术特色——唐神宋貌。青神县：隶属四川省眉山市，位于西南地区成都平原西南部。据《今县释名》："昔蚕丛氏衣青以勤农业，西魏置青衣县于此，有青神祠，即青衣神。后周因名县。"一说因古蜀国王蚕丛，曾衣青衣以行蚕事，蜀人神之，故名青神。

【注释】

①涪翁：黄庭坚的别号。小山点点：形容山小而多。

②玻璃味：古为玉名，亦称水玉或水晶，此处比喻平静澄澈的水面。汲：取水。空江：比喻浩瀚寂静的江面。

薛涛井

［清］冯誉骧

校书居址接江村，一水盈盈绿到门。①

鹦鹉诗词名士梦，菖蒲烟水美人魂。②

云封古甃清如许，笺浣桃花姓尚存。③

自昔成都传妙制，燕支零落不堪论。④

【作者简介】

冯誉骧，字芗蒲，四川省什邡市人。清德宗光绪十七年（1891）举人，著有《留余草堂诗集》。

【题解】

诗人睹井思人，追念薛涛其人其事。薛涛井：位于成都东门外锦江南岸望江楼公园，旧名玉女津，薛涛当年制诗笺时汲水处。成都知府立碑"薛涛井"于井旁。

【注释】

①校书居址：指女校书薛涛所住的浣花溪。一水盈盈：浣花溪绿水盈盈，蜿蜒到所住的门口。

②鹦鹉诗词名士梦：指薛涛长于诗词，令名士倾倒。菖蒲烟水：描写薛涛的风貌，她喜爱种植菖蒲，服此能轻身却老。

③古甃：指薛涛井。甃：砖砌的井壁，井的别称。笺浣桃花：薛涛用清澈的井水自制精致小笺，适合写小样的情诗。

④传妙制：薛涛笺当时风行一时，后人传承仿制，流传千古。燕支：同"燕脂"，胭脂。零落不堪论：薛涛老年孤寂红颜零落，与盛年不堪相论。